不负如来不负卿

六世达赖仓央嘉措的诗与情

姚 敏/著

北京出版集团公司
北京十月文艺出版社

新版序 · 衣锦夜行的自由

多年前，与一出版人初识，颇为投契。他激我志业写作，道，读了那么多书，又有这么好的文字感觉，不写作直如衣锦夜行。

我素性懒散，从来文字只是随意为之，写作结成果固然可喜，素手空空却也并不以为憾。所以回复他道：人爱富贵还乡，我喜衣锦夜行，只要出于自我意愿，皆为自由。

其后断断续续出了几本书。《不负如来不负卿》因缘际会畅销了好一阵，但最热之时也为我有意冷落，对趁热打铁的所有建议一概拒绝。年来终于偃旗息鼓，各大网站库存已经售罄，搜索书名皆为他人续书，心下也淡然，无喜无忧。

这些年，因为时间制约，写作几乎停滞。总有友人催促鞭策，便大抵也以这样的态度回应。明知有时竟会冷落了知交一腔热情，误会我为禄蠹背弃了初心。

人对于生长于骨血里的东西，因为过于珍重，外人看来反倒有一种轻慢之态。

我自年少迷恋读书写字，初心从未改变。对于喜新厌旧、多情善变的双子座来说，这是我几十年生涯里绝无仅有的从未易移的热爱。为什么要写，为什么一定要写，总有人问。很难一言道尽，其实对这样问的人，也全然无意道尽。因为同道自然不会问，而局外人其实也不必答。

如果一定要回答呢？

钟晓阳在停笔十年之后，重新在《明报》写专栏。钟玲玲采访她：要是人们追问，写作真的重要吗，难道不写不成吗，你该怎样回答才好呢？她回答：我会讲，重要的不是写作，也不是做着的事，只是做着。我比较喜欢做着的那个我。

所以我的回答也只会是这样：我比较喜欢写着的那个我。

喜欢那个身着锦衣的我。至于是璀璨于昼，还是潜行于夜，其实都不重要，于喜欢也没有分别。

当然也明白，真正的写作者，仅仅依恃天分是远远不够的。

我的生活经历颇多波澜转折，几乎被传说成勤奋努力的范本。但于自己如此珍视的领域，在写作上我反倒不是个勤奋的人。这道理其实也简单，谋生之道，养心之道，对于我这样典型多重人格的人来说，是全然分开的。一个世界里过于庄重严谨，另一个世界里必然放浪形骸。

这是平衡法则。

我是一个对世俗生活缺少热情的人。哪怕也男欢女爱，吃喝玩乐，养花种草，买昂贵的化妆品和精美的衣饰，花长时间去做美容。但这些更类似于一种职业道德，因为我是个训练有素的世俗生活的参与者。就像旧时青楼女子，自小受到严格的规训，床上卖力出色是习惯也是本分，甚而是尊严之道。然而她们的心却会向往那些不可得的东西，比如爱情。所以我在职场结交那些积极入世的人，雷厉风行地做事，光鲜体面地生活。但在私人生活领域却倾向于爱恋那些无用的器物，喜欢有阴郁颓废气质的人，读与职业生涯完全无关的书，过一减再减的日常生活。

写作于我的意义，类似于锚，一次次将经历风暴潮汐的小船带回岸边安顿好。以此，也才有下一次出海的自由。

但如果没有自由，一坨铁也就没有了意义。

有一年，我陷入严重的职业倦怠与焦虑期，有强烈的推倒一切重来的意愿。友人鼓励说，依靠职业写作养活自己也是一件有尊严的事。独居写作，闲时种花，倦怠时来一个说走就走的旅行，走累了就地停留，不再朝九晚五，不再看人脸色，更有尊严地活着，这样的愿景，简直美好得像一曲田园牧歌。但思之再三终于还是打消了这个念头，其中踌躇犹疑很难一一道出。但最重要的顾虑，还是害怕一旦将写作当作谋生手段，就难免为种种规则绑架，失去主动的立场和自由的心境。后来看到绿妖说，梦想不必然担负谋生的义务，相反，它是我们的亲生骨肉，需要贴身背负，无论得意失意都不离不弃。深有同感，因为只要还有可以称之为梦想的东西存在，一切的辛苦委屈就都不值得计较。

取舍困境大约是每个人都必须面对的。我所唯一能够做到的是，让最热爱的事物尽可能地远离博弈，让自己养育的文字如同春风里的树，自由发芽，自由生长，而不被绳索扭曲成盆景供人赏玩。

这样，手指在键盘上敲击下单词，此心才是定的，此身才是自由的。

以此，一直是个不太配合营销的写作者，文字写出来就任其自生自灭，很少参与其后的运作，有作品偶然能够畅销，纯粹是天时地利之功。基于同样的心态，更不欲为周遭人群知悉，多年来身边甚少人知道我写作，《不负如来不负卿》在排行榜上成绩不菲的时候，渐渐有熟人来询问，也不愿意多提及，对仅仅出于好奇的不读书的索书者更是懒于应对。

但文字自有其辨识同类的本能。几年来，因写作在网络上收获的朋友渐渐多起来，却是一件令人愉快的事。久之，也就渐渐习惯了这样在不同维度里各自存活的分身，互不干扰，有身处闹市心远地自偏的自在安心。

苏子当年说“万人如海一身藏”，说不定心境也大抵类此呢。

所以，我很感谢一路上给予我宽容的人们。感谢几年来对我不离不弃的读者和朋友，感谢再版过程中一直耐心等待我的策划人和责编。旧书再版，对每一个认真的写作者，也许都不是一件轻松的事。重读旧日文字如同揽镜自照，必须面对岁月里的青涩、矫情、鲁莽、自恋，种种不足与缺憾，内心时常觉得羞愧。但大动干戈伤筋动骨改动，却又是我不欲为的。因为文字背后的光阴不可重回，时光自有它自己的故事，保留它不美好但真实的面目，也是对成长本身的信任与尊重。

感谢为本书提供图片的虫乙等朋友，为这些旧文字注入新的生命力。

感谢生命中的遗憾，让我不敢停步地往前走，并且相信再见的我们将变得更好。

2015 年仲夏。成都。

精装纪念版序

有些地方是一定要回去的。比如西藏，比如青海。

八月末，与旧友相约从西宁驾车穿越青藏高原，经柴达木盆地进入甘肃河西走廊。三千公里，一路看不尽草原，戈壁，长河，落日。在青海湖畔，朝圣的藏民每走三步，便五体投地磕下等身长头，同行的友人转过头去凝望，久久无言。我知道他心里的感动，十余年前我初次邂逅这一幕，也曾胸中如遭重击，被信仰的力量震撼。

雨中的塔尔寺现出荒凉颓败之相，旅游与声名似乎并没有带给它辉煌延续，一些建筑物毁坏了，关闭了，门上挂着生锈的铁锁，倾圮的石墙上长着野草。寺门外的如来八塔上站着发呆的鸽子，并不理会来来往往的游人。相较于内地寺庙这些年的大事修缮，香火鼎盛，塔尔寺的破败，有一种漫不经心的，不予迎和的，岁月流逝里的理所当然。作为格鲁派创始人宗喀巴大师的诞生地，安多地区最大的格鲁派寺院，藏传佛教朝圣中心之一，塔尔寺汇聚了来自甘、青、川、藏地区的众多信徒，与抱着观光目的的旅游客装束神情迥异。藏人信佛，上千年的信仰传承，几百年政教合一的历史，信仰已深入他们的骨髓，成为他们日常生活密不可分的部分。散落在人群里的信徒，纵使衣衫褴褛，面容肮脏，神情却无一例外的澹泊安然，绝无都市人脸上惯常见的焦虑烦躁和观光客眼神里的匆遽、倦怠、茫然。

有时我想，佛教在藏地的传承，也像这块土地一样，大道无言，并不需要汉传佛教里的刻苦钻研经籍，参悟话头，冥想苦思，只需心中有信，每磕下一个长头，每转动一次经筒，心中干净，一无杂念，简单的仪轨，笃定的信念，某种意义上，更接近建立在造物主信念上的西方宗教的表象。而佛教的本质却是去神的，融会贯通了东方宗教、哲学、心理学、自然科学等多种内涵的佛学，已经不仅仅只代表一种宗教信仰，而是含蕴了关于人类终极思考等博大精深的命题。廓然无圣，即身成佛，诸行无常，五蕴皆空，只是这样的教义，在一个缺乏信仰的民族，一个没有信念的时代，不仅仅已经失去悟性的土壤，更甚至沦为禄蠹之辈歪曲利用的借口。内地近些年借助旅游热大兴土木，建寺庙，造佛像，都不过是末法时期的虚假繁荣，并不代表佛法的真正兴盛。但在任何一个时代，即便是在佛法遭到灭绝性打击的时期，都有坚定不移弘法护法的觉者存在。因为按照佛的思想，灭绝同样也是假象，万事万物原本是不生不灭，圆融完满的。

2009 年，一个因为身体原因无法去往西藏的朋友对我说，你来写仓央嘉措吧，借你的眼睛，帮我看一看西藏。他说人生充满悖论，这个时代鼓荡起每一个人的野心，却又无法给予满足。“世间安得两全法，不负如来不负卿”，它实际上印证了这个时代人的欲望和困顿。那时仓央嘉措的名字并不为人熟知，但在西藏停留过的人，没有谁不知道八廓街的黄房子玛吉阿米，没有人未曾听说活佛与荡子宕桑汪波的传说。我应承下来写一本书，写下我眼里的西藏，藏传佛教，六世达赖喇嘛仓央嘉措。

所以，它原本只是一个承诺，或者，一段机缘。与后来蜂拥而至的仓央嘉措热并没有关系。它不是猎奇，不是考证，不是解读，不是故事。它只是关于信仰，生死，爱这些永恒命题一己的思索与感念，只是自说自话，它借一段活佛与浪子的故事说出热爱，说出迟疑，说出人的困惑、挣扎与放下，说出怀念。读到这些文字心有戚戚的人，是那些途中与我目光相接一笑的人，是行脚路上共我看过一段云水的人，是羁旅之中赠我一片柳荫的人。因为文字原本只是一种映照，经由写作者之手，映照阅读者心底山河，山川河流的景致，原本就在他人心里，写作者只是提供了一种路径，使向内的观照成为一种可能。

文字一经写下，写作者的使命便已完成。它以一本书的形式呈现，为人喜爱或者诟病，附加意义，贴上标签，都自有其命运。我几乎从不回头去看自己写下的字，无论它好也罢，坏也罢。对作者来说，它仅仅作为一种证据留在时光里，真实地呈现当日当时执笔人的所思所想，他视界的高低，内心的宽阔与狭窄，自由与拘囿，挣脱束缚的痕迹。阅读是大众的，而写作是私人的，一个直面内心的写作者并不需要对他人做出交代，因为文字已经是最真实的袒呈，它如同真实的人，有先天的缺陷与不足，同时又是圆融通透、智慧俱足的，并且收藏某一段时光里的秘密印迹，用专属的语言说出暗语，在漫长的光阴里等待回声。

在青藏高原，一路邂逅骑单车上路的人，徒步的情侣，转山的信徒，每个人的脸上都风尘仆仆，也无一例外地写着平静满足。身体的苦行带来心灵的愉悦，这是旅行和宗教给予人的共同安慰。习惯了群居生活的人，都会渴望一段脱轨的时光，可以选择自由，孤独，离群索居。阳光炽烈的午后，独自晃荡在西北寂静无人的寺院，想起南方那些香火鼎盛的庙宇，川流不息的游客，导游的小喇叭，拥挤在经堂围观法事的人群。在西北，我有来自荒原回归荒原的自由之感，所有的束缚和捆绑都被斩断了，蚁一样的人群远在远方，空旷与高远带来无与伦比的安全和松弛。

我想，文字能够带给人的，仅仅是这短暂脱轨的自由，也许它的使命已经完成了。

2011 年深秋。成都。

目录

信徒

日光倾城。我在春天回到拉萨。

日落前的布达拉宫被夕阳染成了金色。尘世里俗艳的金色，在高原的天空下，无与伦比地灿烂、壮丽、仪容万方。夕阳流淌在布达拉宫蜿蜒迤逦的墙堞，背后是汹涌舒卷的云絮。亘古静穆的高墙，在流转的大朵白云映衬下，有一种与时间空间无涉的永恒质感。仿佛开天辟地，它就矗立在那里，雄踞山顶，旷古无言。任头上风云变幻，脚下金戈铁马。人世蹉跎，世代易主，每一块石头都毫发无伤。

四月的高原阳光温柔而亮烈，舔得我的眼睛干涩生疼。闭上眼睛在红山脚下坐下来，听见远处转经的铜铃声，闻到弥漫在每一寸空气里的藏香。恍惚里，似乎经年阔别的光阴从未存在，我一直就打坐在这里，不曾离开。

每一个还没有去过西藏的人，都深信有一天会踏上那片土地。每一个离开西藏的人，都深信自己还会回去，因为将魂留在了那里。一个丢了魂的人，即使还能够貌似正常地吃饭睡觉，上班下班，心其实已经空了。如同一段老树，树冠树皮都还完好，到了春天，枝头依然还会绽出新绿。没有人看得见，粗大的树桩底下，有一个被时光掏得越来越大的空洞。风钻进来，雨落进来，蛇和老鼠们跑进来。只是阳光再也照不进来。

我回来了，西藏，又呼吸到了拉萨的阳光，听见血液重新流回心脏。

落脚的小旅馆有斑驳的墙体，夕阳轻悄悄地在墙上移动，将孤单单的人影越来越拉长。微风轻吹，撩起纷乱的发丝，如同一棵长在旷野冷风里的树，稀拉拉的叶子挂在树梢，在风里瑟缩。站在天井里就着水龙头洗了洗脸，对着墙上的影子发了一会儿呆，薄暮的空气已渐渐冷冽刺骨起来。

晚饭后，转了一小截八廓街，风冷飕飕地直往脖子里灌。初春的高原夜晚，气温还在零度以下徘徊。羽绒服里的毛衣太单薄了，空荡荡的捂不严，手脚很快变得冰凉，感觉心脏紧缩成了皱巴巴的一团。

回到房间，就着火盆烤火。室内的空气里浮荡着发酵的酸奶气味，混着酥油和干牛粪的味道。旅馆女主人送了一壶茶来，粗糙的壶身和茶杯上有经年的油渍。茶是滚烫的，奶香扑鼻，一大口热热的液体落下肚腹，胸腔里的沉闷一下子舒展开来，无比熨帖，凝滞的血液一下子快速运动起来，迅疾地窜向全身经络和每一根毛细血管，心脏便如一朵吸水饱满的硕大花朵，忽然就打开了。

那一天，闭目在经殿香雾中，
蓦然听见你诵经中的真言。
那一月，摇动所有的转经筒，
不为超度，只为触摸你的指尖。
那一年，磕长头匍匐在山路，
不为觐见，只为贴着你的温暖。
那一世，转山转水转佛塔啊，
不为修来生，只为途中与你相见。
…… ……

拉萨的第一夜，空气似乎格外干燥，整夜都觉得口渴，睡不安稳。迷迷糊糊醒过好几次，都以为天亮了。看看表，却还在深夜。夜气里一直有不明白的声响，似乎虫鸣，又似乎遥远的车轮声、铜铃声、马嘶声，甚至市声里的交谈、讨价还价声。我知道这是高原氧气稀薄的气流压迫中耳神经的缘故。

近四点的时候，终于很沉地睡过去。醒来时，听到渺远的梵唱，以为还是梦里的幻听。睁眼看见日光已经从小小的窗户斜射进来，同屋的年轻女子已经起身，在整理行装。声音来自她扔在床头的 MP3 耳机。是朱哲琴。

朱哲琴的《信徒》。

躺在拉萨的晨曦里，听着久违的朱哲琴的歌声。何训田的歌词，从容而舒缓，像一个坐在西藏阳光里的老人，拉着古老的扎木聂，缓缓讲述一个遥远而又在咫尺的故事，将前生后世里的孤单长路漫不经心地拉出来。匆忙赶路的人们都停了下来，静静听他讲述。故事讲完了，阳光温暖，岁月正好。人们各自分散，去往四方。朝圣的信徒用身体丈量大地，他们还要走遥远的长路。

那一年，第一次看见朝圣的藏民，携儿将女，每走几步，就伏倒尘埃，五体投地，虔诚地磕下等身长头。

一瞬间竟如重石撞击胸口，泪水刹那滚落，不知道他们要何年何月，才能走到要去的地方。这一生一世，这样的朝圣之旅，又能够走多远。一个平生不曾追问过信仰为何物的女子，那一刻忽然明白了，为什么仅仅为了完成《古兰经》“变成一个较好的人”的规诫，全世界的穆斯林一生之中千方百计都要去往圣地麦加朝觐，有人甚至为此横越半个地球，翻山越岭，耗尽一生财富，走得瘦骨嶙峋。

有信仰的人们是有福的。

人们说这首歌源自西藏民间，为西藏历史上最具传奇色彩的活佛——六世达赖喇嘛仓央嘉措所创，在藏民族中世世代代，口口相传。人们说这是一首情歌。那么爱情，是不是也是一种信仰？

前缘

高原的天亮得早。六点，绯红的天光已经照进窗来。睁开眼的时候，竟似乎听见了鸟鸣声，不知道是不是幻觉。

早饭后，搭乘到泽当的班车去桑耶寺。藏传佛教第一寺桑耶寺，相传为仓央嘉措前生——莲花生大士所建。

莲花生大士是古印度高僧，西藏密宗红教的开山祖师。在藏族传说里，莲花生大士本身就是阿弥陀佛、观音菩萨和释迦牟尼佛身口意三密的化身，是过去、现在、未来三时诸佛之总集，永远为十六岁的少年之身。

佛祖曾告阿难，自己死后八百年，将于莲花花心中生出童子，接替他弘扬佛法。这一预言应验于古印度乌仗那国。传说当地国王安扎菩提没有王子，为此倾尽国库，祈求三宝。莲花生以八岁童子像现身于海岛中一棵莲花树上，一出生即可为天空和海岛的众空行母讲解深奥正法。一日正在说法，国王路过遇见，深信为三宝所赐，于是将其请进王宫，收为养子，起名莲花生。莲花生以无上神通和佛法教义协助父亲治理国家，乌仗那王国风调雨顺，仓廪丰实，人民和顺。他被封为顶髻王，但他深知困于王位无法实现更大的弘佛抱负，因此向父亲请求退出王位，但未获允准。为此，莲花生故意失手砸死了魔臣的儿子，被流放至寒林。从这时起，他开始苦行苦修，从八大持明处得到八种修法，并接受了制伏魔鬼空行母、秘密智能空行母、依怙无量寿佛等大师的灌顶，修成无生无死的金刚之身。

修成之后，莲花生大士行踪遍及各国，调服魔障，度化有缘。在伏萨河尔国，邪臣将他推入火中焚烧，他就将燃烧的油化成一片海，海中生出一株莲花树，自己盘坐于莲花之上。众人见此神通，纷纷加入佛门。他还劝说和调服了残忍嗜杀的阿育王，将他从一个暴君转变成为一个虔诚善良的佛教护法和孔雀王朝最伟大的君王。

去往藏南谷地的路大半是土路，越往前走路越烂，风景则越来越好。车子在山峰河谷之间穿行，雅鲁藏布江江面越来越宽阔，沿江绵延生长着几公里的野生桃树，藏民居朴素安宁，篱笆墙上开满米色花朵，青黄的草坡上牛羊徜徉，白云缭绕在山脚，和屋顶上的炊烟一样近。

山南是藏文化发源地。在山南，轻易就能与"第一"相遇。第一块农田，第一位赞普，第一座王宫，第一部经书……这些无处不在的"第一"时时提醒着人们，这里，是藏文化的缘起、西藏的灵魂所在。这里不仅是藏民族传说中神猴与罗刹女相结合，诞下藏民族的第一位祖先的灵地，也是莲花生大士第一脚踏上的西藏土地，从这里开始了他伟大的弘佛事业。这里更是养育并护佑了藏传佛教史上最伟大的活佛——五世达赖喇嘛罗桑嘉措的圣地。这块土地上，

留下过无数高僧大德的脚印，他们来此修行，来此探秘，来此追问前生后世的因缘。六世达赖仓央嘉措流亡途中，也曾到山南避祸，在神灵的帮助下逃脱暗中的追杀。这里是一块圣地，一块福地，更是一块神秘莫测的灵性之地。

在桑耶渡口下车，一个衣衫敝旧的年轻僧人也在此等船过渡。雅鲁藏布江江面的宽阔始料未及，远远地望见对岸卧在阳光底下的桑耶寺，同路的僧人说，到寺里还得一个多小时。

当年莲花生大士是不是也曾在这里等过渡船？渡人之人，是否从来都是自渡，还是也要等待船家划水而来？

雅鲁藏布江江面宽阔，水却不深。莲花生大士当年，该是踏水而来。船到中流，看船舷外茫茫白水，似乎真看到那仙风道骨俊美如莲的少年，一路伏妖降魔，赤足踩在莲花祥云之上，轻轻踏过船弦外流水，直望对岸扎玛山麓而去。

那一年，印度高僧寂护受藏王赤松德赞之请，前往他的故乡藏东南谷地帮助修建一座寺庙。这座寺庙融合了藏、汉、印三种风格，佛、法、僧三宝齐全，由寂护亲自设计，并奠基动工，这就是藏传佛教第一寺——桑耶寺。

第五代藏王赤松德赞虔诚崇奉佛教。公元八世纪末，唐贞观年间，吐蕃发生内乱，赤松德赞正是在佛教僧人的保护下才幸免于难，并成功登上王位。所以继位后即采取了一系列措施扶植佛教。修建寺庙，翻译佛经，优待僧侣，并且规定王室成员出家为僧，让僧人参与国政，藏传佛教进入自七世纪松赞干布时代佛教传入西藏以来最为辉煌的时期，史称“前弘期”。

寂护大师的弘佛事业受到当地贵族的百般排挤。据说桑耶寺一开始修建，各路妖魔鬼怪就来捣乱。寂护大师无奈，只好回到印度，并向赤松德赞举荐了比自己神通更为广大的莲花生大士来接替他主持寺庙的建设。临行前，寂护与赤松德赞倾谈，且告知莲花生大士与他的一段前缘。原来藏王与莲花生前世曾同修一座佛塔，并有过在后世再续前缘的誓言。

这样的话，寂护入藏时也说过。接他入藏的使者叫赛囊。见到赤松德赞后，寂护说，你、我和赛囊在前生，是看守寺庙的三个孩子，我们三个用沙子堆过一个佛塔，祈祷在后世分别为和尚、国王、使者，各自在边远的国土弘扬佛法。

世间万事，皆有前缘。汉文化里，亦有“修百世才能同舟，修千世才能共枕”，我今日与人共渡雅鲁藏布江，不知前生又是何等缘分。

桑耶寺号称“西藏第一座寺庙”，藏文原意为“不可思议之寺”。传说莲花生初到山南，寺庙还没开建，赤松德赞迫不及待想要看看寺庙建好后的蓝图，莲花生遂施展法术，在手心变幻出了寺院幻影。赤松德赞被此景震惊，目瞪口呆，只是惊呼“桑耶（出乎意料之意）”，于是遂以“桑耶”为寺名。

我喜欢桑耶寺的寺名。相比西藏众多不知其意、音节复杂的寺庙名字，“桑耶”的音节如此简单，且有古意。汉乐府有《上邪》篇：“上邪！我欲与君相知，长命无绝衰，山无陵，江水为竭。冬雷震震夏雨雪，天地合，乃敢与君绝。”热恋的情人指天发誓，除非山河倒转，海枯石烂，绝不会变心。苍天为证，大地为媒，此生此世，绝不有负于卿。一片深情，皇天可鉴。“桑耶”与“上邪”同音，二者均为强烈的语气词， 念来余韵悠悠，情意深重。

桑耶寺的建筑融合了藏、汉、印三种建筑文化，三层建筑分别为藏、汉、印风格，我不懂建筑，并不大能分清其中的区别，觉得藏庙风格都大同小异，出入、朝拜却都很自由随意，僧人游人互不干扰，自在相得。而内地，庙宇往往香火兴隆，庙外的小贩也生意兴隆，殿宇修葺翻新，色彩驳杂，题字粗糙，僧人坐在功德箱前，等候香客捐献银钱后，便敲几声木鱼，与人世的浮躁并无两样。

午后，停留在昏暗的乌孜大殿内围墙走廊长长的壁画前，在那号称“西藏史记”的系列壁画，从罗刹女与神猴成婚繁衍西藏人类的远古传说，宗喀巴创立格鲁教派，到九世达赖喇嘛事迹，一路走走停停，一直走到大殿二层的“莲花生传记”，便消磨掉了整整一个下午的时间。

西藏壁画用色浓烈，线条粗犷，比起汉人壁画的注重细节，少了一颦一笑之间的生动，却有更强烈的视觉和心理冲击力。也许是因为异域文化的陌生和宗教气息的浓厚，站在那些如同结绳记事的图画叙述前，时常会觉得心脏不胜负荷，有难以呼吸的沉溺之险。

桑耶寺的僧人很和善，一路遇见的藏僧，也常是笑容满面。这让我很奇怪，为什么藏庙中的塑像却总是怒目金刚一般，看着有些狰狞骇人。在文字记载里，莲花生本来是永远十六岁的童子形象，上唇有少年的绒毛胡须，在雕像和壁画里却总是两撇浓浓的胡须，紧皱双眉，圆睁豹眼，变成了虎虎生威的成年男子。

相比之下，汉人庙宇里的菩萨却要温和慈祥得多。低眉俯视下界芸芸众生，面容柔和，眼神平静，无悲无喜，不嗔不怒。

我想，这与两种佛法教义有关。藏传佛教相信因果轮回，主张苦修，视此世的受苦为彼世的功德和福报。人世的苦难是这样深重，恶念滋生，孽障横行，一不小心就沦入六道轮回永劫不复，所以菩萨也要怒目相向。而汉传佛教在漫长的发展过程中，不断融入中国哲学和儒、释、道家文化的影响，尤其是禅宗主张“本来无一物”的了悟，修行之功，在于自我的明心见性。也有棒喝，但却旨在唤醒本心。心即是佛，无心是道。修与不修，不重形式而重结果。所以菩萨纵然一样心怀大悲悯，却也只能无为而治了。

人们说，桑耶寺建成后，莲花生大士沿河谷向南，翻越崇山峻岭，南下门隅，停留在那一带传教。门隅是六世达赖仓央嘉措出生之地，那里至今留存着许多莲花生大士前生后世的遗迹。那里的门巴人描述莲花生的样子，讲述他如何一路降服群妖，语气生动，斩钉截铁，似乎他们亲眼所见。

青朴

人们说，青朴是苦修者的原乡。

有修行者的地方，就是青朴。

去青朴，本来是想徒步的。既是去往苦修之地，就该放弃现代人对于工具的习惯性依赖。然而长年城市蜗居的生涯，腿脚和意志都已经孱弱，并不敢保证自己能有足够的体力徒步爬上青朴的群山。

五点多就起床，去青朴的藏民比游客多了许多。也许因为这并不是旅游旺季。邻座的藏族老阿妈结着长长的发辫，瘦削而轮廓分明的脸，眼神格外清冷、沉静。藏族女子越老越美丽，年轻时节的青涩褪去后，面容宁和，坦然，从容，不惊不惧，有一种

圣女一般的光辉焕发出来。那是用一生的辛勤、沉默、坚韧和坚定不移的信仰，经年累月磨砺出来的时光印记。像雪山圣湖之水，一泓如镜，倒映着高天流云，湛蓝，清冷，却又深不见底。

青朴在群山环抱之中。那种美，是世外桃源的美。在西藏，常常会觉得心脏脆弱，那不仅仅因为高原氧气稀薄，藏南谷地，海拔并不很高。

这是春天。南方草木已经葱茏，桃花水涨满河谷。此时在我故乡溪头，水底滑溜溜的青苔绿染上了岸边细柳。风一天天妖娆，大片大片的油菜花像打翻了金色的颜料桶，泼溅得漫山遍野。一声惊雷过后，雨一夜一夜落在老屋的青瓦上，落在绿茸茸的草坡上，一畦一畦的豌豆苗很快将山坡的黄土掩盖得没了一丝痕迹。而西藏四月，处处还是冰封雪盖。春风自遥远的江南跋山涉水而来，一路贪玩，逗留，总要等到南方花事已了，才肯越过巍巍群山，浮光掠影一般，在这里露一下脸。只有青朴的田畴阡陌，此时已是草色青青。与我故乡美景无二。

青朴有一百零八处修行者的洞穴，散落在整个山麓。莲花生修行的洞穴就在山顶。一路走走停停，到半山已经耗时不少。有时会遇见洞穴门口安详的打坐者，还有简陋的起居用具。似乎他们一直就住在那里。

那些洞穴并无出奇之处，大多窄小仅能容身。在我故乡，冬天用于贮藏红薯的地窖也比它们宽敞暖和。无法想象，修行者是如何能够长年累月住下来的。也许真正的修行者，在天地之间，早已浑然忘我，灵魂在如此钟灵毓秀的山川之间徜徉，肉身所处的环境，已经视而不见。

去往山顶莲花生修行的山洞扎玛格仓的路上，一位老阿妈费劲地磕着等身长头前行，我看见她长长的发辫灰白枯槁，如同道旁树上的枯枝，每当她俯下身去，灰白的辫子就从她背上拖到地上，沾上一粒粒的草籽和败叶。她艰难地起身时，我本想扶她一下，她却侧身为我让路，笑容满面，目光清亮。

青朴有一种力量。那是青朴的山川给予修行者的，也是修行者给予青朴的。

据说有的修行者来到这里就从不曾走出洞窟。他们相信黑暗才能开启心智的光芒。他们安身在逼仄黑暗的洞穴，迎候来自自性的光明，承接来自灵魂深处的雨水和阳光，直到有一天，再也不需要人间世界的粮食和水，进入自由无碍的天堂。之后，人们就把洞口封住，再也不去惊动他们。

如我一样的青朴过客，并不知道青朴的修行者真正的内心体验。苦修、苦行，这些词汇都是外部的描述和局外的感官，他们觉得苦吗？人类所有朝向内心的活动从来都是甘苦自知，不足为外人道。

修行本来是一种极度私人的内心经验，没有任何人可以替代，没有任何文字可以描述，也没有任何语言能够准确无误地传达。禅宗所以教外别传，不立文字，原是有道理的。任何语言或者文字，都无法代替那个自我抵达的核心。

想起印度身心灵修大师克利希那穆提关于冥想的主张，他认为只有经由冥想，才能进入无觉知的空间，那里有人类求不到的至福至乐。而冥想之中那没有觉知者的觉知，就是与无限神交。它会打开那扇进入极乐境界的门。

毛姆在《刀锋》里，借由拉里的口，也曾描述那欣喜若狂的瞬间体验：

——我无法向你描述那一刻的体验，无法用任何词汇，使你能看见黎明到来之前曾经展现在我面前的壮丽景色。那密林苍莽的群山，晓雾静静地笼罩在树顶，那远在脚下的深不可测的大湖。太阳从山峦的一条缝隙中透进来，将湖水照耀得灿银一般………我从来没有感到过这样的快意，这样超然物外的快乐。一种震颤从我的脚下一直升向头顶，一种从未有的快感袭击了我，那一刻，人好像突然摆脱掉了肉体，混沌的世界一下子澄澈无比，一切的迷乱与挣扎在一瞬间似乎都有了答案……

八世纪的一位大德寂天曾说：世上一切幸福，来自利他的心；世上一切不幸，来自对自己的爱。

印度的修行者，长年各地流浪。他们行走在荒漠古道、长河落日之间，也混迹于难民之中，风餐露宿，尘土满面，衣衫褴褛，形容消瘦。然而双眼炯炯有神，清和，慈悲。他们苦吗？人类之苦，就是他们的苦，人类的至福，就是他们的极乐。他们活在内心的天堂。

禅宗有则公案，圜悟禅师开示大慧：如何是诸佛出身处？自问自答道：熏风自南来，殿阁生微凉。原来即心成佛，不过是在熏风微凉时分的一段禅香。世间万物有情，草木山川，自有真意。自然蕴藏的力量，非人类的智慧能够抵达。佛说一花一世界，一叶一如来，春来花自青，秋至叶飘零，无穷般若心自在。便是如此吧。

在青朴的山水之间，我心甘情愿匍匐于苍天之下，泥土之上。

伏藏

我迷失在青朴的山峦。修行者的青朴，通往天堂。

青朴藏着无数秘密。每一寸河流，每一缕桑烟，每一朵流云，每一棵草木，每一个山洞中沉默消瘦的修行者，于我都如同前世诱惑。我俯伏在青朴的大地，无法思想，无法移步，无法离开。夜里住在简陋的民居，闻着田野之上馥郁氤氲的禾粟清香，听着地底之下雅鲁藏布江静静东流的水声。

我停留在青朴，如同虔诚执着的掘藏人，深信在这块土地之下，一定埋藏着等待我去开启的“伏藏”。

西藏有所谓十大未解之谜，如香格里拉的所在、雪山野人的传说，争论从来没有止息。和玛雅文明一样神秘消失的古格文明，更是世界瞩目。那一年，穿行在如迷宫一样庞大的古格王宫废墟，如同穿行在时光隧道，依稀回到当年古格王国的车水马龙。无法想象，什么样的力量，能够让十万之众的古格人从这个星球上消失，全然无踪，仅留下一座空城。

但这些谜面里，最令我心驰神摇的，还是如天空一样广博、浩瀚、神秘无解的 “伏藏”之谜。

传说莲花生大士在印度、尼泊尔、西藏等地弘法数百年，佛法得以复兴。但当时当世，人们的智慧学识还无法真正领会密法精深奥义，更无从证得大圆满境界。加之世间尚有各种恶行扰攘，一些法的因缘也尚未成熟，须后世因缘具足时方能真正得以传播，利益众生。同时，莲花生大士也预见到后世人心动荡，世间将遭劫难，劫后余生的人们更需要佛法的引导。因此以大慈悲大智慧书写下众多经卷、教义，连同当世大量的佛像、法器、药物等埋藏起来，留待将来时机成熟，让有缘、有成就者开启传播，这就是“伏藏”。

伏藏并非莲花生大士首创，也非宁玛派或藏传佛教独有。据说，历代发掘出的伏藏中，还有第一代藏王松赞干布时代的物品。朗达玛灭法时期，佛教几乎遭遇灭顶之灾，也有大量的典籍通过伏藏保留了下来。西藏原始本土宗教苯教在与外来佛教的斗争中处于下风时，也有宗师将苯教器物、经典埋藏起来，留之后世。

《莲花生大士本生传》对伏藏的种类、埋藏的地点、掘藏的时间、掘藏者的情形，以及伏藏开启的因缘、时世局面都做了明确的预言。伏藏种类有经典、财宝、法器等一十八种之多。《莲花生大士本生传》本身就是伏藏，藏密名著《西藏度亡经》《大圆满》也是伏藏经典之一。

据传，莲花生大士还曾将一百零八头神牛作为伏藏藏在山中，这些伏藏牛经过繁殖，增加到了三千万头，是后世的格萨尔王与他的勇士们用箭射开了山岩上的伏藏大门，把山洞中的伏藏牛引了出来。

埋藏伏藏的地点，有岩洞、瀑流、山岩，有天上、地下、水中，也有的在虚空，甚至人的意识、灵魂之中。据说藏族长篇英雄史诗《格萨尔王传》故事就是莲花生和他的弟子埋在宇宙和人的灵魂深处的伏藏，只有神授的掘藏师才能发掘，所以能够传唱格萨尔王故事的说唱艺人，都是无师自通的灵魂歌者，有些甚至是目不识丁的文盲，一场病后，或一觉醒来，突然就能够张口说唱几百万字的长篇史诗，除了伏藏，没有人能够解释这其中的奥秘。

伏藏师也分为很多种，有一种被称为“疯伏藏”，他们的言行形同疯魔，不为世人所理解。而我读到《莲花生大士本生传》关于伏藏法和掘藏师的授记时，自觉脑中犹如被人下了蛊，又如醉酒一般，又清醒又迷糊，欢喜莫名，真有如疯魔。

莲花生大士曾授记，六种人有发掘伏藏的缘分：遭到敌人迫害者、仁爱沉

默者、麻风病患者、贫穷但能修行者、遭仇人追杀和负债累累的人、受到威胁又没有权力的人。他们是前生接受过伏藏灌顶的人。而占据王位握有权力的人、享尽荣华富贵的人、人财两旺不愁衣食的人、欲壑难填心烦意乱的人、手巧眼快心细的人都与伏藏没有缘分。

在桑耶寺，在青朴，伏藏的传说从来没有止息。人们说，在青朴修行，念一遍六字箴言，胜过别处念百遍，在别处修行一年，功德不及在青朴修行一天。人们来到这里，追随灵魂深处的声音，探问与佛法的前缘。也许每一个来到青朴的信徒，都会在内心追问轮回中的前生，是不是当年接受过莲花生大士灌顶的掘藏人。

圣湖

追随一个美丽的传说，去往遥远的拉姆拉错。

拉姆拉错藏在藏南十万大山之中，是西藏最为神秘的圣湖。据说，有缘的人从拉姆拉错的湖水中，可以看到自己的前生后世。多少年来，为了这个前生后世的传说，无数的信徒千辛万苦赶往这里，虔诚地接受命运的启示。有的满心欢喜而归，有的怅然若失离开。他们怀揣着在圣湖水中找到的前生后世的秘密，回到熙熙攘攘的红尘，继续烟火扑面的日子。柔韧，沉默，坚持，期待。

我敬重所有在庸常的日子里有所坚持、有所期待的生命。在他们的心里，住着一个至高无上的大神，心怀慈悲，俯瞰众生，一目了然。没有什么恶行能够逃脱他的眼睛，没有任何角落可以藏污纳垢。所以他们谨言慎行，内观自省，不放纵，不恣睢，不聒噪，不强求不属于自己的东西。

在藏地，常常能感受到这样的清简。美好生活的意义，不在于拥有物质的多少，而在于睡梦安稳，内心清净。托钵的僧人与施舍的福田互相躬身致谢，彼此并不觉得亏欠。乞丐和有钱人同样坐在布达拉宫的广场晒太阳，傻子和灵童一样匍匐在土地上磕十万个等身长头。

泽当到加查的路况极差，车子翻过五千多米的布丹拉山口时，有细细的米粒一样的雪花落下，我望此奇境，心中欣喜，却也已经完全控制不住胃里的翻江倒海。过了山口，司机将车停下，我蹲在路边，几乎将胃都吐出来了。一路颠簸到加查县城，感觉骨头和脑髓都已经被摇散了，手脚冰凉，脑子里灌满糨糊。

幸运地是在加查直接搭上了去崔久乡的货车，好心的司机一直将我送到了拉姆拉错的山脚下。

加查是虫草之乡。货车师傅说，每年四五月，虫草商人从全国各地向这里拥来，小小的加查县城会热闹得赛过拉萨。

虫草为加查当地的藏民带来了极大的物质财富。比起后藏的艰苦和贫穷，山南显然富庶很多。在崔久乡到拉姆拉错的路上，一路上看到的白色帐篷，就是挖虫草的当地人搭建的。我看见七八岁的皮肤黧黑的孩子坐在帐篷边上发呆，无所事事，看见过路的外乡人和车辆，望过来的眼神却是澄澈清亮得像一汪湖水。

加查人挖的虫草，自己并不收藏和运出去出售，就在当地转手卖给外地商人，如同处理掉一堆萝卜白菜。这些外地商人将它们带出去，处理，包装，以天价出售，从中赚取加查人无法想象的高额利润。

我问：这里的藏民知道这些虫草在北京同仁堂卖到多少钱一克吗？

也许知道，也许不知道。他们并不关心这个。

我顿时醒转过来。是啊，我们惯常以自己的思维方式忖量他们的内心，为

他们的处境忧虑，为他们的闭塞感慨，为他们受到的待遇不平。被商业社会打磨历练出来的现代人，在自身膨胀的欲望面前，无法理解他们与牲畜同居一栋房屋，无法理解他们对终年不变的酥油糌粑的热爱，无法理解他们远离城市便捷的物质获取渠道，久居音讯阻隔的大山深处的安之若素。

一拨又一拨的商人将财富的概念带进了山里，启蒙了他们对于物质的初始认识。即使如此，他们也并没有强烈的占有欲望，没有学会贪婪。他们祖祖辈辈挖掘虫草，只知道这些埋在雪地下的亦虫亦草的小东西是上好的药材，是神的赐予，是圣师埋下的伏藏，留给他们和他们的子孙后代的圣物。所以，他们不允许外地人进山采药，但是允许外地人用自己需要的东西来交换，直至接受了外地人可以用纸币来交换，他们再用这些纸币去换取简单的日常所需。这些被他们交换出去的虫草，在交换完成时，就已经完成它的使命。至于它将去向哪里，怎样被包装、宣传，怎样躺在繁华的大都市装潢精美的商场专柜里待价而沽，这些都与他们不再相关。

意兴索然。我不过是这世间碌碌众生之微粒，被尘埃裹卷，常常失去方向。谁有资格悲悯谁呢？

拉姆拉错山顶经幡猎猎，在五千三百零七米的海拔高度回望来路，藏南群山静穆，一条羊肠小道如天女无意遗落的白色哈达，随风吹落至谷底，曲曲折折躺在青黄的草坡上。

观景台上已有稀疏的游客。各自散落在山脊，静静站立。有人点燃带上来的松枝，煨起桑烟，双手合十凝望湖面，等待传说中吉祥天母神秘的示现。

拉姆拉错湖静静躺在山峦谷底，一无波澜，如睡在花开的梦中，静谧，安宁，美好。远处是层峦叠嶂的雪峰。我与陌生的人们并肩站立，久久无语。只有观景台上的五色经幡，被大风吹得哗啦啦直响。风吹过我右耳垂上两个小小的银环，发出轻轻的撞击声。那声音竟异常清越，如同来自心脏深处的微微疼痛。

站在拉姆拉错山顶，我一无所见。下山的时候，回头望向茫茫群山，群山之上苍蓝的天空，想起转世灵童的传说。据说，历代达赖、班禅圆寂之后，寻访他们的转世灵童之前，负责寻访的高僧们都要来此朝拜圣湖，接受神示。拉姆拉错的湖水中会呈现活佛转世灵童降生的方位、村庄、道路等景象，这是寻访转世灵童的重要凭证。

不知道当年，奉命寻找五世达赖喇嘛转世灵童的高僧们，在拉姆拉错的湖水中，看到的是什么样的景象？

乱世

藏传佛教教派众多，其形成与发展史，就是一部各种教派和政治势力的斗争史。与汉地佛教一脉传承、融会贯通的发展历史不同，佛教进入西藏，首先是与本地原始宗教苯教长期斗争，取代其传统地位后，格鲁派（黄教）又先后经历了与宁玛派（红教）、噶当派（黑教）、噶举派（白教）、萨迦派（花教）等各个教派的反复斗争。

十七世纪初年，在青海、蒙古一带，格鲁派的主导地位已经确立。但是西藏尚处于噶举派得势的时期，噶举派得到了管理地方政事的藏巴汗的支持，对正在蓬勃兴起的黄教采取压迫摧残的政策，格鲁教派与地方政治势力的斗争日趋激烈。

来自蒙古的四世达赖喇嘛云丹嘉措于二十八岁盛年猝死。他死后，按照藏传佛教传统，应当立即寻找他的转世灵童。奇怪的是，藏巴汗竟不允许寻找四世达赖的转世灵童。有人传说，那是因为四世达赖喇嘛云丹嘉措与藏巴汗不睦，暗中对藏巴汗下了诅咒，导致他常年缠绵病榻，时常头痛难耐，几乎一命呜呼。藏巴汗察觉后，勃然大怒，遂派出刺客，杀死了云丹嘉措，并且余怒未消，明令不允许寻找达赖的转世灵童。此时藏巴汗权倾前后藏，因此对于这样可笑的政治干预，拉萨上层的格鲁派僧人虽觉愤怒，却也无可奈何，一筹莫展。

好在天佑黄教。此时，四世班禅罗桑却吉却为达赖世系的传承立下了一大功。

在西藏，达赖系统与班禅系统是藏传佛教格鲁派的两大地位最高的体系，达赖系统以拉萨为中心统领前藏，班禅系统以日喀则为中心统领后藏。两个系统互相制约，也互相补位。历代班禅与达赖互为师徒，就是为了在转世灵童的十八年培养期间，遏制摄政王第巴权力过大的问题，同时也共同对付驻藏政治

势力的干扰，维护格鲁教派统治地位的稳定。

四世班禅罗桑却吉是一位仁厚长者，在前后藏享有很高的威望。罗桑却吉精通医术，为藏巴汗治好了他的头痛痼疾。藏巴汗感激万分，提出要捐献一个庄园给扎什伦布寺作为酬谢，罗桑却吉坚辞不受，藏巴汗便让班禅自己提一个要求，他都予以应允。罗桑却吉趁机请求藏巴汗允许寻找四世达赖的转世灵童。藏巴汗无法自食其言，只好答应了。

在四世班禅罗桑却吉的主持下，寻找转世灵童的高僧在藏北的热振寺，文殊菩萨佛像前，以陈设糌粑丸抽签的方式，选中了山南琼结地方的世袭贵族家

族幼子阿旺罗桑嘉措为四世达赖的转世灵童。

五世达赖喇嘛阿旺罗桑嘉措一六一七年出生于山南世家。他天资聪颖，又接受了很好的教育，自小便极富思想与个性，与众不同，有远远超出他年龄的智慧、才识和见地。成年后的他，更是有着强大的个人意志，和异常清醒的政治头脑，放在任何一段历史中，都是一个能够建功立业的英雄。何况此时的西藏，正处于一段迷茫的乱世。

他是藏传佛教史上举足重轻的人物，对格鲁派确立在西藏统治地位的贡献无人可及。在他的老师四世班禅罗桑却吉的帮助下，他在拉萨一步一步推动和实现自己的政治理想。

罗桑嘉措作为转世灵童在哲蚌寺接受教育期间，也是藏巴汗政权加紧对黄教迫害的时期。一六三〇年左右，藏巴汗政权利用地方势力内讧的机会，借机发动对黄教的洗劫性打击。不满十四岁的罗桑嘉措不得不避往山南，寻求家族势力的庇护。这更加坚定了他要为西藏宗教争取独立政治地位的决心。为了摆脱西藏宗教长年来对藏巴汗政权的从属地位，达赖与班禅谋划，利用藏巴汗政权与蒙古军队的矛盾，派人进入青海，与驻青海的蒙古军队统帅固始汗达成协议。蒙古军队遂进入西藏，推翻了统治西藏多年的噶玛地方政权，拥立五世达赖喇嘛建立了噶丹颇章政权。

但罗桑嘉措谋求的独立并未因此到来。利用蒙古军队消灭西藏地方政权，只不过引来了老虎打跑了狼，此后西藏地方政权落入蒙古人手中，历经固始汗及其子孙几代汗的统治，噶丹颇章政权并没有获得真正的政治权利，但在经济和宗教方面，已经奠定了格鲁派的最高地位。

雄图大略的罗桑嘉措自然不会就此长久臣服于蒙古势力，格鲁派在西藏的经济和宗教地位稳固之后，谋求独立的政治地位必然成为其最重要的目标。要实现这一目标，必须寻找到比蒙古军队更为强大的靠山。无疑，争取当时的中央王朝的支持是非常必要的，罗桑嘉措将目光转向了内地。

然而此时，内地正是兵荒马乱。噶丹颇章政权建立之时，正是明王朝濒临崩溃的时期，而满清势力在关外迅速壮大。达赖、班禅师徒审时度势，决定向初兴的清朝政权递出橄榄枝，一六四二年，罗桑嘉措派使者前往沈阳。

清太宗皇太极率僧侣百官热情相迎。正在向关内推进的皇太极将西藏人的接洽看做天意，认为是上天护佑大清王朝，是入关的吉兆。为此，还亲自对天行三跪九叩之礼。藏使在沈阳停留八个月，受到皇太极的盛情款待，返回拉萨时，清太宗还分别给达赖、班禅大师和固始汗都写了回信，赠送了厚礼。

一六四四年清军入关，顺治帝即位之后，也深感利用藏传佛教在西藏的影响力，建立政教合一的统治，对于巩固西藏边防具有非常重大的意义，因此四次派遣使臣入藏邀请达赖、班禅进京。班禅此时已经年迈，于是八年之后，五世达赖在清朝官员的陪同下，率随从三千人，浩浩荡荡自西藏启程前往内地。历时近一年左右，于一六五三年元月抵达北京，与顺治帝相会于南苑猎场，受到最高规格的隆重接待。顺治还在安定门外为他专门建造了黄寺供其居住，饮食起居一应供给周到。

五世达赖在北京停留了两个月后，以自己和从人水土不服染病为由，向顺治帝提出返回西藏，顺治帝当即允准，并赏赐厚礼，派亲王、重臣为其饯行。五月，返程中的罗桑嘉措一行到达代噶时，顺治帝还派出了朝廷官员，携带满、蒙、藏、汉四体文字的金册、金印赶到代噶，正式册封五世达赖喇嘛。自此开启了满清王朝通过册封达赖巩固其在西藏政治地位的历史。罗桑嘉措的政治理想基本实现，在西藏建立起了以达赖喇嘛为核心的政教合一的格鲁派政权。

时间流到了十七世纪后期。

五世达赖建立的政教合一政权其实暗流涌动，作为清廷在西藏驻军代表的蒙古军队势力表面上不干涉西藏的宗教事务，事实上为了各自集团利益的斗争从来没有停止过。五世达赖罗桑嘉措晚年潜心于西藏历史研究和达赖世系传记的写作，将一应管理事务悉数托付给第巴桑结嘉措。

二十多岁的第巴桑结嘉措深沉练达，学识和修养高出同辈甚多，深得五世达赖罗桑嘉措的喜爱和信任，待他如同己出，甚至有传说说他就是五世达赖的私生子。罗桑嘉措曾先后几次请求他出任第巴，掌管西藏政务，但是桑结嘉措先后几次推辞，始终不肯就任。也许是他本身无意于政治，也许是早早看到了埋伏在平稳表象之下的暗流汹涌。直到五世达赖深感身体、精神都已经无法再过多地操劳政务，有一天，关起门来与他严肃长谈，桑结嘉措才终于肯答应出任第巴。一六七九年，二十六岁的桑结嘉措接受五世达赖委任，正式承担起管理西藏政务的重任。

年轻的第巴桑结嘉措不干则已，一旦承担达赖重托，便全身心地投入到自己的事业中去。也许，是因为他终于领会到了五世达赖打下的这份基业的不易；也许，是在与达赖的长谈中，坚定了决不让西藏政权旁落的决心；也许，只是为了感念五世达赖罗桑嘉措的知遇之恩。不管原因是什么，人们看到的是，就任后的桑结嘉措非常强势，采取了一系列巩固西藏政教合一政权的措施，并且与当时蒙古军队统领之间的矛盾越来越凸显。

一六八二年，西藏最伟大的政教领袖、六十六岁的五世达赖阿旺罗桑嘉措在自己修建的布达拉宫病故。此时，丹增达赖汗及其子拉藏汗在西藏的势力越来越强大，大有掌控布达拉宫之势。第巴桑结嘉措为了稳定政局，决定匿丧不发，继续利用五世达赖的威望牢牢控制西藏政局，暗中，却紧锣密鼓、有条不紊地安排五世达赖转世灵童的查访、认定，并加紧培育。

仓央嘉措就是在这样的时代背景下，被推到了西藏宗教政治斗争的旋涡中心。

乐土

山谷静谧，太阳光芒，
祝愿相聚，永不分离。
村寨静谧，亲人一堂。
如若分离，愿再相聚。
…… ……

在喜马拉雅山脉南麓，有一块生长云雀与灵芝的土地。那里是门巴民族的发源地，风景秀丽，山高谷深，道路艰险，交通阻隔，人们叫它隐藏的乐园。那里是情歌之乡、酒歌之乡——门隅。门巴族人性情豪爽，爱唱歌，爱喝酒。萨马酒歌、加鲁情歌一年四季流淌在门巴族的田园山乡。酒歌生动，情歌热烈，每逢节庆嫁娶良辰吉日，门巴族人载歌载酒，奔走朝贺，欢饮数日，情意深重。

门巴族是个古老的民族，乡情淳朴，民风开化，崇尚自由，尊重爱情。在门巴民族祖先的传说里，门隅的神山圣湖中住着爱情化身的美少年，与美丽的姑娘一见钟情，遂以月亮为弓，流星为箭，射出定情的靴带，便俘获了姑娘的芳心，孕育了成群的儿女。所以门巴的父母对自由恋爱的小儿女并不横加干涉。有一首加鲁情歌唱道："东边的山再高，遮不住天上的太阳；父母的权再大，挡不住儿女选伴侣。"追逐着烂漫山花的孩子们长大了，听懂了加鲁情歌大胆

直白的歌词，吹过山野的风也温柔多情起来，月缺了月圆了，花开了花谢了，少年男女的眼神不再懵懂了，粘在某个人身上的目光柔软了，像蘸了蜜糖，长了钩子，再也收不回去了，父母亲的眼神里也并无担忧。

门隅人口不多，门巴人和藏人杂居，习俗不同，信仰一致。门巴人原来信奉白教，莲花生大士将红教传入门隅后遂改信红教。但一些地方仍然信奉原始巫教，盛行生殖崇拜。藏传佛教中，除了宗喀巴大师创立的黄教，其他各个教派都并不禁止僧侣结婚生子，参与世俗生活。因此，在门隅，爱情与宗教，从来不是一对矛盾体。春情萌动时节的情与欲，也无人视为洪水猛兽。

六世达赖洛桑仁钦仓央嘉措，就出生于门隅这块美丽浪漫的土地，靠近尼泊尔边境的一个叫作沃松的小地方。那里树木参天，水草丰美，牛羊肥硕，人物风流。

这一年，是公元一六八三年，康熙二十二年农历正月十六。藏历第十一绕迥水猪年三月一日。

秘典上说，六世达赖喇嘛仓央嘉措为莲花生转世，出生之日，门隅沃松的天空有七日同升、黄柱照耀异象。

杰出人物出世，天呈异象的传说，藏汉无二。不同的只是汉民族的传说，人们只作传奇来看。对于一个没有普世信仰的民族，所有的传说都只是传奇。而藏人则深信天地有灵，生生轮回，所有的山峦湖泊都有神灵意志，能回应人们的虔诚祈祷。所以他们敬畏每一棵草木、路上的石头、风中的旗幡。

仓央嘉措的父亲是藏族人，母亲是门巴人，都是虔诚的红教教徒。仓央嘉措的降生，似乎一下子给这个贫寒的家庭降下了受用不尽的宝藏，父母亲的脸上乐开了花，父亲干起活来越来越有力气，母亲口中的歌儿也唱得越来越动听。幼年的仓央嘉措与小伙伴们在门隅的山水之间终日嬉戏，无拘无束，自由自在，如同天空转着圈儿唱歌的云雀，满地追着撒欢儿的野兔。

年轻的父母，只以为这天资不凡的孩子是法眼无边的佛的恩赐，是对他们的良善、虔诚、勤劳、厚道的奖赏。他们不知道，目睹这个孩子出生的门巴老人却说，他出生时七日在天的异象，注定了他的一生不寻常，必然享尽七个太阳卫护的荣耀，也必然受尽七个太阳炙烤的煎熬。

秘密

十五岁之前，门隅山川之间的仓央嘉措，如同草原上空自由无羁的雏鹰。高原阳光早早催熟了沃松的少男少女，十四五岁，野草春花一般的年纪，正是春情萌动时节，少年玩伴的身段日益娇俏，腰肢越来越柔软，打打闹闹、懵懵懂懂之间，心花就突然绽放了开来。加鲁情歌里那些热烈的表白，一下子有了强烈的暗示意义和清晰的倾诉对象。

我和意中人儿相会的地方，
在南门巴的密林深处。
除了巧嘴鹦鹉，
哪个也不知道。
多嘴的鹦鹉啊，
这秘密请不要在路口散布。
…… ……

情窦初开的少年，怀揣着秘密的喜悦，藏不住眼睛里的火焰。慈爱的母亲看着每日里云雀一般在山里飞来飞去的儿子，看着他与邻村那美丽的少女羞涩含情的眼神缠绵，只能暗中叹息，这短暂易逝的欢乐，如捧在手里的蜜糖，不知何时就要被霸道的棕熊抢走，就让他尽情品尝吧。

因为母亲的心里，揣着更大的秘密。

十四年前，不满周岁的婴儿，突然被从天而降的荣华砸中。藏王第巴桑结嘉措的使者秘密来到家中，宣布他们的长子就是五世达赖罗桑嘉措的转世灵童。孩子从两岁起，就被规定要定期送到指定的寺庙学经，那里，有桑结嘉措专门委派的六名学问高深的僧人，担任他的经师。而这一切，都在暗中进行。没有人知道那据说是在布达拉宫闭关清修的五世达赖，事实上已经仙逝十五年，第巴桑结嘉措隐匿其肉身秘不发丧十五年，而暗中寻访其转世灵童，悉心培养。

如今，十四年过去了，这令人胆战心惊的秘密竟然保守了十四年。孩子的父亲也已经过世，看着孩子一天一天长大，长成玉树临风的少年，这个秘密就更加沉重，如同一颗安放在床头的定时炸弹，随时将要爆炸开来。那时必然天下哗然，而他们如掌中明珠一样珍贵的长子，这聪颖活泼的孩子，就要离开她，去往遥远的拉萨，坐上高高的布达拉宫的佛床。而她，将和所有邻人一样，匍匐在他的脚下顶礼膜拜，成为他的子民。五世达赖活佛的无上荣光将在她的孩子身上重生，他将成为万民爱戴、至高无上的活佛。然而，谁又能保证这一切不会平地起波澜呢？这些年，拉萨上层堪称酷烈的政治斗争，即使偏远门隅的升斗小民，也都可以见闻感受，何况还牵扯进了第巴匿丧十五年的秘密，不知道有朝一日，这些惊天的隐情大白于天下，还会引起怎样的轩然大波呢。那时，这孩子的命运到底如何，谁能预测？

而怀春的少年看不见母亲额角越来越焦虑的白发，更看不懂母亲目光里越来越深重的忧思， 少年情人丝缎一般的黑发终日在他眼前飞扬如旗，那皎洁如月的脸庞，那幽蓝如湖水的双眸，那清脆如黄莺儿的歌喉，那轻盈娇柔的一转身、一回头，整夜整夜地将他淹没，淹没——

端庄高贵的姑娘，
她那艳丽的面庞，
看似高高桃树尖上，
熟透了的果儿一样。
心儿跟她去了，
夜里睡不着觉。
白天没有牵手，
让我意乱心烦！
…… ……

梦回

醒来之前，梦见将明未明的黎明。梦见在黎明前闭着眼走长长的夜路，怎么也睁不开眼来的困倦昏茫里，终于努力睁开眼睛，突然看见阡陌田畴的前方，彩霞铺满天空，恢宏壮丽的一天彤云。

梦见回去老屋。黎明之前的村庄尚在沉睡。大门开着，穿过堂屋，祖父的床上被褥整齐，没有人。堂屋后门开着，踏过门槛，看见修葺过的后院，沼气井边细草青青，小塘里浮萍睡莲，檐下晾着少年的衣衫。看见隔壁伯父的屋檐也修葺一新，种满瓜果的小院装上了白色栅栏，清洁，静穆。梦见我穿过厢房去找母亲。前厢房里，我幼年的床铺挂着青色的麻布幛子，黝黑，敦实，整洁。转过屋角粗笨的贮粮柜，里屋雕花的大床上，母亲刚刚起来，坐在床沿梳头，把长长的黑发结成辫子。

阳光从布帘的缝隙里钻进房来。闻到了浓郁的酥油香味。已经过八点，拉萨的日头该已经升了老高了。

从山南回来，也许因为太累了，这一觉睡得特别香甜。

酥油茶的香气让我觉得饥肠辘辘。于是起床简单洗漱，就直奔门口的四川小饭馆。几天来都没怎么好好吃饭，今天要坐在拉萨的阳光里好好享受一顿早餐。

拉萨四月的风里有刺骨的寒意。喝完一碗粥，身上暖和起来，手脚依然冰凉，手的颜色是乌青的，指尖有轻微的麻木。我是如此不耐寒的生物，也许血液里有过于黏稠的黑色物质，所以循环不畅。在冬天，总希望能够像熊一样冬眠，或者像候鸟一样远走高飞，等到春暖花开才又回来。

阳光真好。站在饭馆门口的大片阳光地里，我仰起脸迎接拉萨的日光浴。明知道在西藏，贪心阳光是极为不明智的，看似温柔的阳光会一寸一寸舔舐肌肤，长时间地晒太阳，脸上、手上的皮肤会像粉墙一样一点一点剥落。然而现在正是南方湿冷的春天，如此明媚的阳光，一季也难得见到，怎不令我贪恋？

四月还不到拉萨旅游的旺季，八廓街的生意有些冷清。但街头的背包客还是不少，大昭寺门前广场从早到晚都有人流在转动，磕头的队伍排到了侧门。

这是清闲的一天。早晨在大昭寺跟着人流转经，走完一圈下来，坐在煦暖的阳光里打盹，用一块披肩罩在头上遮挡光线。头有些沉闷的昏痛，在身边磕长头的人们反复起身又跪倒、俯身匍匐的声音里，在一对母女清脆的说笑声里，意识渐渐模糊，竟然睡着了。

醒来的时候太阳已爬到头顶，正午的阳光热辣辣的，很多人坐在了墙角的阴影里。蒙在头顶的披肩晒得滚烫，热流从额上流下来，灌进昏沉的脑子，觉得清爽了一些。磕头的人们三三两两坐在一起分吃东西。一个笑容慈蔼的老阿

妈招呼我，递过来一张饼，并且伸过手来碰了碰我的额头。我听不清楚她的话，但是那双浑浊的眼睛里分明是怜爱的，天下的妈妈，都有同样的温暖神情。我接过饼，就着手里的矿泉水就吃了起来。是真的饿了，早晨就没怎么吃东西。老阿妈一直笑着看着我吃，笑意从她的眉毛、眼睛、嘴角溢出来，漫过了脸上沟壑密布的皱纹。

广场上走过身形高大的喇嘛，阳光撒在他们的红色僧袍上，那是拉萨的颜色。他们的步履从容，神情怡然，笑容温暖。一个小喇嘛跟在他们后边，走过去了，却又回头望向我。他有乌溜溜的圆眼睛，清亮，又狡黠。

三百年前的秋天，拉萨的阳光也该是这样温暖明媚吧。十五岁的少年仓央嘉措走过布达拉宫广场时，是不是也曾这样回头顽皮地一笑？在布达拉宫的酥油灯照彻的漫漫长夜，是否也如我一样，梦中回到青草湖泊的故乡，看见母亲在灯下梳头？

囚鸟

一六九六年，清帝康熙远征噶尔丹。次年春天，平定准噶尔叛乱后，从俘获的藏人口中获知五世达赖已去世多年，桑结嘉措隐匿不报。康熙大怒，下诏严厉申斥，并欲发兵征伐问罪。桑结嘉措慑于清廷压力，一面加紧与五世班禅谋划，公开仓央嘉措转世灵童身份，派使者接其进宫，筹备坐床大典。一面遣使奏报清廷，申辩匿丧不发是遵五世达赖遗嘱，只是为了西藏政局稳定，语调谦卑，态度恭谨。康熙因满清初年连年征战，内忧外患，也的确需要休养生息。出于稳定政局考虑，不再追究，并派遣了使臣章嘉呼图克图参加了六世达赖坐床大典，并赏赐了许多金银珠宝和法器。

而处于政治斗争风口浪尖的少年仓央嘉措，对这一切毫不知情。这十五岁的少年，像一只自由自在的山雀，哼着门隅的情歌，衔着沃松的柳枝，藏着心底的无限好奇，飞进了金碧辉煌的圣殿布达拉宫。他不会知道，他飞进的，是

一个金色的囚笼，更不会知道，这个在世人眼里无限尊崇、至高无上的活佛，不过是桑结嘉措下在西藏政治斗争这盘棋局中的一颗过河卒子。

这年秋天，拉萨的使者将少年仓央嘉措迎至聂塘的浪卡子，在那里，仓央嘉措从五世班禅洛桑益西受戒，并领受密宗灌顶。十月举行了盛大的坐床典礼，正式入主布达拉宫，成为第六世达赖活佛。

坐床后的活佛仓央嘉措并未参与政事。按照活佛转世章程规定，转世灵童要年满十八岁才能亲自主持政事。这之前，政事由第巴和在世的班禅共同处置。

桑结嘉措对仓央嘉措的教育非常重视，坐床后的三年尤为严厉。这个孩子已经十五岁了，和其他转世灵童从四五岁就坐床接受正式的教育培养不同，他在民风开化的边远民间生活得太久了，虽然也安排了专人教导，但因为要严守秘密，他本人并不知道这些安排的用意。少年心性，自然的一草一木，都远比枯坐读经有趣，山野的风已经将这个孩子的心吹野了。他必须要用三年的时间，将这个在民间放任了十五年的野小子迅速驯服成他心目中合格的六世达赖，成为像他的前辈五世达赖那样的高僧大德和政治领袖。他指派格隆嘉木央扎巴等多位上师，严格督促仓央嘉措在三年之中不分寒暑，孜孜不倦地学习佛法。

桑结嘉措自己在处理完宗教政事之后，还亲自为仓央嘉措授课，为其讲授经典《丹珠尔》，并督查师生课业，若这些上师稍有懈怠，都要受到严厉责罚。

——那时我正年少，少不更事，讲法时常常坐不住，走来走去，不合听经之规矩。每当这时候，我那皤发皓首的经师总是站起来规劝道："您圣明！劳驾！请别这样，请坐下来好好听。如果尊者您不听的话，第巴就会责骂我了。"每当他这样双手合十，规劝我的时候，我也就乖乖地坐下来。师父坐到我面前，继续讲解未完的功课。

在布达拉宫大殿，蓦地想起这一段话。《六世达赖喇嘛秘传》里，老年的仓央嘉措描述自己初入主布达拉宫时的学习生涯，也如同所有十五六岁的少年，坐卧不宁。

在桑耶寺，也曾与同路的僧人论辩。内地的修行者出家或做居士，多是在生命的某个阶段豁然开悟的因缘。至少是有自我在其中，明白自己寻求的是什么。而藏传佛教的传承，似乎与生俱来。历代活佛都是在年少即被指认为转世灵童，自小即有别于别的少年，而从《秘传》描述的这段话来看，他们其实不也和别的少年人一样吗？也厌学，也好动，被关起来读经，也如关进笼子的鸟儿。

年轻的僧人微微一笑，说，真正能称之为信仰的，恰恰是与生俱来的。每个人的心里，都有一扇一扇的门，有的门被打开了，有的从未被打开过。一个有普世信仰的民族，这扇门本来就一直开着，少年人的天性好玩，总要去推开一扇一扇门。若本来就没有关上，又何须打开呢？束缚他的，不是信仰，只是宗教的外壳。宗教和政治联姻的外壳。

像笼中鸟一样坐立不安的仓央嘉措，善良的孩子仓央嘉措，为了这些可敬可怜的上师不受责罚，只好每日在枯燥的念经声里，努力学习佛法，好在他天资聪颖灵慧，领悟力超凡，虽心气浮躁，如同野鹿般难以安心静息，学业却日益精进。几位上师总算不辱使命，在不苟言笑的桑结嘉措脸上，也收获了一丝温和的笑容。

然而，金色的笼子困住了鸟儿飞翔的翅膀，却关不住自由翱翔的心。布达拉宫比黄金还贵的酥油花，比不上门隅漫山遍地的野花花。大殿上终日不息的梵唱清亮，不及门巴人的酒歌响亮。通往极乐世界的佛法奥义迷人，不如美丽的门巴姑娘情歌醉人。初恋情人的面容，如温润的满月，一点一点浮上少年心头，慰藉着高原苦寒的夜晚——

在那东山顶上，
升起皎洁月亮。
未嫁少女的面容，
渐渐浮现在心上……

这是春天，拉萨的春天。在遥远的西南方向，美丽的故乡门隅，是不是也和此地一样，青草正一点一点拱出地面，而情歌已终日缭绕云端？

几年如一日枯燥的读经、打坐，生生将一个活泼好动的少年雕塑成面容苍

白的泥塑木胎。失去最初对活佛生涯的新鲜好奇感后，仓央嘉措渐渐对这样的生活生出逃离之心。难道这一辈子就要这样一日重复一日，每天看到的只是大殿的廊柱，摸到的只是发黄的经卷、汗津津的念珠，闻到的只是缭绕的神香，听到的只是诵经的佛号？难道十五岁之前那天空的颜色、青草的气息、驼铃的声音再也看不见闻不到听不见？那美丽的姑娘乌云一般油亮的发辫、桃花一样灿烂的笑脸、樱桃一样甜蜜的嘴唇再也触不到？

夜晚的布达拉宫，人群散尽的布达拉宫，十八岁的青年仓央嘉措，抚摸着自己更加颀长俊美的身体，和那身体里面长得越来越茂盛的欲望，叹息一声，提笔写道：

去年种的青苗，
今年已成秸束。
少年忽然衰老，
身比南弓还弯。

一轮皎洁的明月，挂在东山顶上，夜已深沉，年轻俊美的活佛仓央嘉措却怎么也无法入眠。月光洒在他的佛床上，洒在他大理石一般坚硬光滑的肌肤上，温润如玉，细腻如丝，像美丽的姑娘温柔的抚摸，他的身体起了一阵痉挛。痛苦扭曲了那美好的脸。他赶紧起床，打坐，调息，高声诵经，拨动念珠，平息这瞬间的魔念。

门隅的百灵鸟儿飞进了他的窗棂，少年情人的脸儿装进了他的心里。念再多的佛号，还是在眼前挥之不去。他苦笑，干脆提笔接着写道：

我默想喇嘛的脸儿，
心中却不能显现。
我不想爱人的脸儿，
心中却清楚地看见。
想她想得放不下，
如果这样去修法 ，
在今生此世，
就能修成个佛吧。

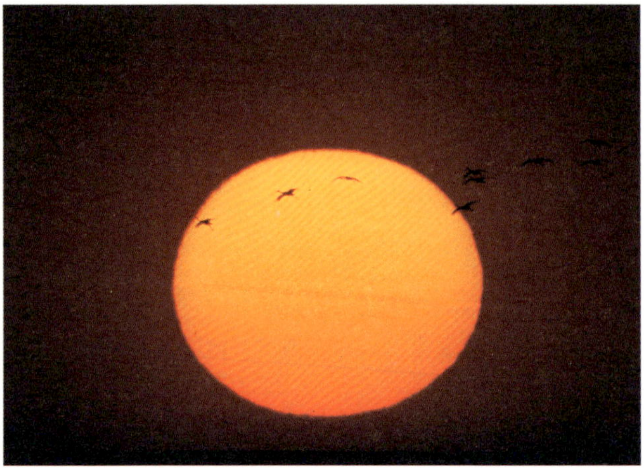

幻灭

布宫的议事大殿深闳阔大，人入其中似乎格外渺小。这大致源于藏族庙宇建筑特别突出的高度感。习惯了城市高楼里低矮逼仄的垂直空间，藏族庙宇的高度让人惊叹，那端正伫立的高高殿柱，也有令人必须仰视的威严。在这样的空间里，似乎只有智慧和权力，才能让人找到空间里的位置感。

自由小鸟一样一头扎进布达拉宫大殿的仓央嘉措，睽违了殿外的万米阳光，红的花，绿的树，同龄的玩伴，在这森罗井然的大殿中，唯一能做的，是希望自己的翅膀长得快一点，更快一点。羽毛丰满一点，更丰满一点。才能在这空旷无比的辽阔中扑棱出一点声音，投射下属于自己的一点影子。为了这一点声音、这一点影子，三年来，他谨从第巴教导，接受高强度的训练与学习，强捺下贪玩好耍的少年性子，读书，诵经，思省自查，只盼望早一日修成主持政事必需的智慧学识，可以在这威严的大殿发出自己的声音。

十八岁，终于盼到了十八岁，这可以亲政的年纪。从此以后，这三年所受的教诲该可以派上用场了吧？十八岁的青年仓央嘉措热切地盼望着，不再每日里只能诵佛念经，探究那些深奥难明的教义。在活佛的议事大殿上，他可以见到更多的面孔，听到来自民间的声音，呼吸到他们带来的新鲜空气，并能够运用自己这些年辛苦积累的学识，为他们排忧解难。

他等待着母亲一样亲切、父亲一样严厉的老师第巴桑结嘉措将权杖交到他的手里，将治理西藏、光大佛法的重任放在他的肩上。

这一等，就是两年。两年过去了，第巴桑结嘉措却并无动静。是他忙得忘了吗？没有，他时常过来考量他，也和他谈论一些时事，问他的看法。然而，却始终不提还权于他的话。

我跟着朝拜的人流没有停留地走过布宫的政事大殿时，突然有一个遏制不住的念头，仰头望了望大殿的四角。自然，在那高旷幽深的森严角隅，并没有那只我意念中仍然囚居屋梁恹恹不乐的鸟儿。

两年过去了，已然成年的男子，身板长得更高大了，心里的期盼与失落也日甚一日。不知道这样的等待与惶恐，还要持续多久，第巴严厉的脸上没有答案，上师们低垂的眼眸里也没有答案。

迟迟没有等来权杖的仓央嘉措，却等来一个令他伤心不已的消息。

母亲从门隅来看他。他婉转地问起心爱的姑娘的消息。心似明镜的母亲，怎会不明了他的思念，心中充满怜惜：可怜这天性如此多情的儿子，在黄教戒律森严的殿堂里，被供养成人人膜拜的活佛，却从此与心爱的女孩一生不得相见。

此时，那美丽的门巴姑娘，已做了有权有势人家的新嫁娘。

这消息不啻五雷轰顶。回想少年时节的誓言，非君不嫁，非卿不娶。今生今世，除非死亡，谁也不能把他们分开。若一个要去修行，那另一个也就跟着出家。誓言还响在耳边，她却飞上了别人的高枝。难道女人的心就是这样易变？难道她把旧日誓言全都忘光？难道她如此绝情，连个信也不曾捎来？

这突兀的变故搅乱了这年轻活佛的心。他怨恨着那变心的心上人，却全然没想，正是自己这活佛之身，早已断绝了姑娘的念想。今生今世，那些誓言再无意义了，她不嫁人，又还能怎样？

爱情蒙蔽了他的眼睛，伤害了他的修行。他不是不知道。但对于二十岁的仓央嘉措，活佛的分量，怎敌爱情的重量？宗教戒律的森严叫人敬畏，怎敌姑娘的眼泪让人心碎？

从来缘浅，奈何情深。这年轻的活佛，他的心碎了。爱恨交集，挽成了千千结，谁人可解——

我和那邂逅相遇的情人，
虽立下海誓山盟，
却像花蛇盘的结儿，
没碰它就自动开啦。

姑娘不是妈妈所生，
莫非桃树上长的？
为什么你的爱情，
比桃花谢得还快？

悲伤与哀怨占据了初尝失恋滋味的心——

渡船虽没情肠，
马头还向后看。
那负心的人儿去了，
都不肯回头看我一眼。

初尝失恋滋味的仓央嘉措不知道，此时第巴桑结嘉措与拉藏汗的较量正在白热化。拉藏汗从来没有放松对桑结嘉措的虎视眈眈。桑结嘉措也不敢有一丝一毫的疏忽，连睡梦中也睁着眼睛。这样的情形下，他又怎能放心将政权交到一个涉世未深的孩子手里呢。

仓央嘉措对这一切，概不知情，也不想去过问。亲政的理想破灭，心爱的姑娘他嫁，年轻的活佛心灰意冷。难道这就是修习无上佛法的福报？难道这就是做活佛必须付出的代价？他对二十年来坚定不移的信仰第一次产生了怀疑。

年轻的活佛仓央嘉措，跪倒在尘埃，向那至高无上的佛祖，发出痛苦的追问——

我问佛：为何不给所有女子羞花闭月的容颜？
佛曰：没有什么美可以抵过一颗纯净仁爱的心。
我把它赐给每一个女子，只是有人让它蒙上了灰。

我问佛：世间为何有这么多遗憾？
佛曰：这是一个婆娑世界，婆娑即遗憾。
没有遗憾，给你再多幸福，
也不会体会快乐。

我问佛：如何让人们的心不再感到孤单？
佛曰：每一颗心生来就是孤单而残缺的。
多数人带着这种残缺度过一生，
只因在与能使它圆满的另一半相遇时，
不是疏忽错过，就是已失去了拥有它的资格。

我问佛：如果遇到了可以爱的人，
却又怕不能把握该怎么办？
佛曰：留人间多少爱，迎浮世千重变。
和有情人，做快乐事，
莫问是劫是缘。

邂逅

玛吉阿米，那间黄房子，拉萨街头的任何一个人都能准确无误地指出来。它那么醒目，在周围白墙黑瓦的建筑中突兀而显眼。就像当年小酒馆里风流倜傥的美少年宕桑汪波，只要他一出现，姑娘们的眼睛就都燃起了火花。

小酒馆的陈设，与别处并没有两样。不同的只是书架上许多外文图书，还有那几大本传说中的留言册，上面密密麻麻写满各方过路客的心迹。

酒馆里很热闹。与窗外八廓街的冷清相映成趣。我想放下酒杯走进夜色里去，却又无限留恋这里温暖的灯光，和年轻情侣温暖的笑脸。

当年的小酒馆里，也是这样的温暖，令浪子宕桑汪波流连忘返吧。

八廓街东南角上这栋不起眼的黄色小楼，是拉萨歌者的大本营。每个夜晚，来自各地的流浪歌手齐聚这里，对歌，斗酒，拉萨的青年男女也都不约自来，他们喜欢这里的氛围，自由放松，无拘无束，人与人的关系简单，夜来相聚，

天明即散。

笑靥如花、歌声如夜莺一般婉转动听的琼结姑娘达娃卓玛，是这群人中一只美丽骄傲的凤凰。

风流倜傥、眼波深情如一泓春水的美男子宕桑汪波，是突然出现在他们中间的一条神秘的蛟龙。

皓齿人儿含笑，
向满座瞧了一遍。
眼珠娇滴滴一转，
却注视我少年的脸。

金风玉露一相逢，便胜却人间无数。从此夜夜相会，言笑晏晏，一对金童玉女沉入爱河。在小酒馆女主人的撮合下，一对璧人儿夜夜欢会，难舍难分。只恨良宵苦短，雄鸡唱晓——

桑耶的白色雄鸡，
请不要过早啼叫。
我和相好的情人，
心里话还没有谈了。
把帽子戴在头上，
将辫子撂在背后。
一个说，请慢坐，
一个说，请慢走。
一个说，心里又难过啦，
一个说，很快就能聚首。

美丽的琼结姑娘达娃卓玛不知道，天亮后的情郎去往何方。在庄严的布达拉宫，有一道小小的侧门，通往活佛的寝宫。

那化名宕桑汪波夜夜来相会的情郎，就是布达拉宫高高在上的活佛仓央嘉措。

只有爱情，能够为爱情疗伤。初恋情人的背离带来的伤害，要在同样年轻美丽的伴侣温柔的抚摸里才能够平复。青春的爱情，终归伤痕尚浅，只需要一对美丽的梨涡，一泓温柔的浅笑，一个撩人的眼神，就将那浅浅的伤痕抚平了。

玩心忽起时偶然的一次微服放浪，二十岁的俊美青年仓央嘉措邂逅了拉萨街头这一群活泼的歌者，他走入他们之间，看着与自己同样年纪的他们，喝酒，斗胜，唱歌，跳舞，玩闹，嬉戏，如同枝头绽放的花朵，活泼，热烈，强悍，多姿多彩。相比之下，这样美好的时光里，自己却被供养在高高的活佛座上无所事事，泥塑木胎一样让人朝拜，是一件多么无趣无奈的事情啊。

再回到布达拉宫的仓央嘉措，心却再也没有从布宫外面的湛蓝天空、八廓街上的人间烟火、小酒馆里的欢声笑语里走回来。白日里，他的身体依然端正如松地坐在严谨的上师们的面前，坐在活佛尊严高贵的椅子上，坐在第巴桑杰嘉措的身边，心却早已如同苍鹰翱翔原野，在拉萨街头自在飞，自在飞。他等待着，等待着夜幕降临，转经的人们离去，布宫的大门紧闭，诵经的声音平息，整个宫殿沉入睡眠。这时候，便可以悄悄换上鲜艳华彩的袍服，套上长长的假发，瞬间变身为英俊潇洒的民间青年宕桑汪波，去赴一场青春的狂欢。

知情的唯有那条忠实的老黄狗。

黎明到来之前，它会准时守在那道通往红山脚下的小小侧门旁边。此时，一个矫健的身影，正三步并作两步地悄悄跃上台阶，靠近宫墙边这道原本关闭已久早已无人通行的侧门，用自配的钥匙打开门，满意地拍拍它仰起的头、一声不吭的嘴，然后，迅速闪进活佛的寝宫，摘下头顶长发，换上红色僧袍。

此时，东方既白，天边最后一颗星子渐渐没入隐约的晨岚。早起扫地的僧人刚刚醒来，汲水，洒扫，睡眼惺忪地打开一道一道寺门。

极乐

宗教与性爱都通往极乐。不同的只是抵达的路径。某种意义上说，人类的性爱其实也是一种宗教仪式，人在灵肉交融的性爱中不仅能体验到如宗教醍醐灌顶一般的极乐，并能借此获得巨大的能量，与禅宗的“顿悟”体验应该非常相似。相较于宗教向内的观照和漫长的修炼过程，性爱抵达极乐的途径更直接，并有迹可循，容易自我掌控。缺点在于所能维持的时间过于短暂，没有办法将获得的高潮固定下来，获得恒久稳定的喜悦。所以需要不断地重复这个仪式，而反反复复重复的过程必然减弱所能获得的喜悦体验。

还未曾获得宗教极乐体验的年轻活佛仓央嘉措，却已经品尝到了身体所能带来的直接极乐。这新鲜的体验在他面前訇然打开了一扇金色大门，他迎着门外辉煌绚烂的万丈霞光，义无反顾地走了出去。这一刻，没有任何人，没有任何力量能够阻止他。佛法的教义，第巴的威严，上师的规劝，都不能。那金色大门外，美丽的情人耀眼夺目地站在那里，高过了他身后阴暗的殿堂，高过了殿堂内冰冷的雕塑，高过了大殿外历代活佛的舍利塔，高过了布达拉宫的金顶，高过了红山顶上的白云蓝天。

此时拉萨的民间，人们都在悄声谈论，据说那八廓街上夜夜流连酒馆街肆的风流浪子宕桑汪波，就是当今布达拉宫活佛。

对此，那正于世俗欢乐场中乐不思蜀的年轻人并不介意，不久，拉萨的酒肆便有歌者在唱：

人家说我闲话，
自认说得不差。
少年的轻盈脚步，
踏进了女店主家。

歌声中有甜蜜，有勇敢，甚至有挑衅：说得没错，那就是我，又怎样！

钟丽缇曾主演过一部印度电影《色戒》，饰演一个美貌大胆的农庄少女琶玛，偶遇僧人达世，燃烧起爱火，公然挑战宗教禁忌，追求心中所爱。而早已舍弃世间一切羁绊的达世，抵受不住琶玛的挑逗，犹如电击似的触发了原始欲望，遂决定脱去袈裟入世修行，结婚、生儿育女、与女仆淫乱。色戒一破，竟一发不可收拾。

电影要表达的很多，宗教与情欲，是其中一个方面。达世五岁即出家，并闭关修行三年，成为受人尊敬的高僧，但在琶玛的爱情面前，却一败涂地。琶玛曾对达世说，你对佛法的心，如果比得上对我的爱与热情，必能即身成佛，即世成佛。而此时达世对世俗生活充满向往，对过往的信念产生了动摇，面对恩师阿普问道——

释迦牟尼在二十九岁前，仍过着俗世生活，但我自五岁起便过着他遁世后的苦行生活，为什么？我们怎知他的觉悟不是直接由俗世生活引起？阿普，严守僧人戒律后，应许给我的自由在哪里？我们矢志禁欲，但应许给我的满足在哪里？他曾说过，你不应道听途说，接受我的教诲，除非你明白我的立场。我们必须抛开成见，才可真正学习。有些东西我们必须拥有过，才可放弃。

达世的话，未必没有道理。不经一番寒彻骨，哪得梅花扑鼻香？对从来不曾拥有过的东西，是没有资格说不的。

此时的仓央嘉措，与彼时的达世，心中的叛逆与激烈并无两样。虽万千人吾往矣，纵然要与整个世界为敌，也在所不惜。纵然举世滔滔无一人谅解，只要她的柔情依然如水，他就情愿淹没其中，再也不管世间风雨如晦。

阿普没有阻止达世。

正如同第巴桑结嘉措也并没有认真追究和阻止仓央嘉措。

世上没有不透风的墙。第巴桑结嘉措真的对仓央嘉措的异常言行毫无觉察，对流传在拉萨街头的那些情歌和传言毫无耳闻吗？

他放任着他。也许他是太忙，拉藏汗像头虎视眈眈的恶狼，随时准备找准他的软肋重重一击，实在抽不出身来管教他。也许是他已经看到那年轻人眼睛里对身为傀儡的不满，和九头牛也拉不回的倔强，不想撕破他们之间这微妙的面纱。也许，只是因为他也曾经那样年轻过。

而《永嘉证道歌》也道：在欲行禅知见力，火中栽莲终不坏。也许仓央嘉错此时所历经的这一切，诱惑，沉溺，迷乱，情困，欲伤，是九生九世之前佛祖就已安排下的火中栽莲。世间从来没有无因之果，这一切并非偶然，那被爱欲紧紧缠裹的少年，火中栽莲的少年，他年自有造化……

原因已无法探究。总之，严厉的大喇嘛第巴桑结嘉措并没有及时阻止年轻活佛的错误。就如那天夜里，阿普明明看着琶玛用身体去安慰达世，却没有阻止。

每个人有自己的造化。即使前面是刀锋断崖，也没有人能够代替他去受苦。如果真有轮回，这一切皆有前缘，谁能阻止前生已经注定的孽障。

然而事情终于还是败露了。那个冬夜的凌晨，仓央嘉措从美丽的情人温暖的被窝里爬出来，出门的时候才发现，夜里不知什么时候下起了大雪。厚厚的积雪将道路都淹没了。眼看着就要天光大亮，布达拉宫的值夜僧人就快要开门了。容不得踌躇，匆匆忙忙赶回寝宫。雪地上的两行脚印，终于泄露了这年轻活佛的秘密。

这两行清晰的脚印，一头连着尊严清静的佛堂，一头连着泼剌剌的世俗享乐。它是他无法抵赖的罪证，也是他温柔多情的见证，更是他向布达拉宫至高无上的权威勇敢挑战的宣言。

早起的铁棒僧人打开寺门，所有的传言终于得到证实——

活佛即浪子，浪子即活佛。

执迷

那无所畏惧的年轻人不知道，他的任性终于还是成为了拉藏汗射向桑结嘉措心脏的一支毒箭。在他看来，那只不过属于一己的对于爱情的执着，对于与人性悖逆的清规戒律的反叛，却成为了拉藏汗手中的利器。

拉藏汗上书康熙，悉数仓央嘉措种种冒天下之大不韪的劣迹，并由此为证据，得出结论：这样的人绝不可能是大智大慧的五世达赖的转世灵童，这完全是一个谎言、一个阴谋，是桑结嘉措为了独揽西藏政教大权而设下的一个局，这个活佛是个冒牌货，只不过是捏在桑结嘉措手里的一颗棋子，是他糊弄天下人的一个幌子。

这个奏本阴狠至极，本来就对桑结嘉措欺上瞒下行为难以释怀的满清皇帝立刻派出钦差前往西藏，查究这活佛的真假。派出的使者明察暗访数月，最终回报说："此喇嘛不知是否是五世达赖化身，但确有圆满圣体之法相。"

桑结嘉措悬着的一颗心总算稍稍落回胸腔，却暗中出了一身冷汗。再也容不得这孩子由着性子胡闹了，必须尽快给他戴上紧箍咒。

他深知此时，要拉回这头倔强的牛犊，自己已然失去掌控缰绳的力量，当务之急，是要找到一双能揪住他牛鼻子的手。想来想去，也唯能指望那名分上为仓央嘉措师尊的五世班禅大师了，希望他能够念及师徒情分和班禅大师的名望，从茫茫大雾的迷途中转身醒来。

五世班禅罗桑益西虽身在后藏，也已屡屡耳闻仓央嘉措的种种惊世骇俗的言行，忧心忡忡。虽前后藏之间亦有诸多明争暗斗，毕竟是黄教内部矛盾，属于“家庭纠纷”，对外，终须一条心扎牢篱笆，才不至于让狡猾的饿狼钻了洞进来，伺机狠咬一口。于是桑结嘉措的使者一到，他便即刻动身前往扎什伦布寺，应约为仓央嘉措授比丘戒。

扎什伦布寺的金顶在阳光辉耀下，云蒸霞蔚。变幻不定的光影，如同海市蜃楼的幻象。二十岁的仓央嘉措的眼底，也滚动着幻变万千的云翳。一路陪伴的几位上师心中也忐忑不安，不知道这一反常态异常温顺沉默的孩子，脑子里转着什么样的念头。这一次，他听从桑结嘉措的安排，一语不发，毫无反抗，乖乖前来扎什伦布寺觐见师尊。

暴雨之前的天空总是格外死寂。一路陪伴的上师们，敏感地捕捉到了空气里酝酿的不安。如同天空越来越厚的积雨云，那是狂风骤雨的前奏。他们清楚，一场惊天动地的变故就要发生了。

为活佛受戒特意布置一新的日光殿内，仓央嘉措肃然端坐于五世班禅大师面前，面容沉凝如秋水，任大师如何谆谆询问，开导，只低眉拨动手中佛珠，依然一声不应。良久，缓缓起身，不看师父一眼，径直走到殿外，双膝跪地，拜伏在遍地的阳光和尘埃中，向班禅大师深深磕下头去，朗声说道："违背上师之命，实在感愧。恭请上师一并收回弟子所曾受一切戒。"

仿佛平地突然炸响一声惊雷，满堂僧众震惊，尽皆哑然。半晌，德高望重的三大寺堪布上前，面对他跪下。日光殿内外目瞪口呆的众僧亦齐刷刷跪下。

班禅大师半晌无语。大殿一片死寂，连呼吸的声音都格外惊心。仓央嘉措再次向班禅大师五体投地拜伏下去，清晰，缓慢，坚定地说道："上师今日若不应许弟子尽数交回从前所受出家戒及沙弥戒，弟子将面向扎什伦布寺自杀。二者当中，请择其一！"

布达拉宫里的桑结嘉措突然停下翻阅手中经卷，向殿外望去。大殿外，湛蓝蓝的天突然之间浓云滚滚，飞快地掠过头顶，向着扎什伦布寺的方向翻涌而去。

拉藏汗闻讯赶来，苦劝仓央嘉措收回这任性的决定。老谋深算的拉藏汗并没有想到这样的局面，对他来说，这羽翼未丰、稚气未脱的年轻人并非真正的敌手，现在除掉他为时还太早，并且对他毫无好处，说不定反倒正中了桑结嘉措下怀。

入夜，匆匆赶来的桑结嘉措走进了仓央休息打坐的便殿，关上房门，一言不发地在同样一言不发的仓央嘉措面前坐下来。仓央却似乎什么也没有听见，仍然低头端坐，看不到脸上的表情。

天色欲晓，那禁闭的房门终于打开了，桑结嘉措仍然面无表情地走了出来。没有人知道，这一夜，他们说过什么。或者，什么也没有说。

西藏的僧众唯一知道的是，从此以后，拉萨的酒肆，那风流倜傥的情郎宕桑汪波的歌声更加响亮，而布达拉宫后的龙王潭，常常有动人的情歌和青年男女的欢声笑语传出。那青春叛逆的年轻人，放弃一切，一心淹没在爱情的井底，痛饮甘泉。任它头顶天空如何翻云覆雨，任它世间如何沧海桑田。纵然要与整个世界为敌，纵然老僧涕泪长流痛心疾首，纵然敌人虎视眈眈蠢蠢欲动。

背后的凶恶妖龙，
没有什么可怕。
前边的香甜苹果，
一定要摘到它。

那香甜的苹果，蛇的陷阱，夏娃的诱惑，力量如此巨大，无坚不摧。原来无论中外古今，白皮肤黄皮肤，古老传说里所有的爱情故事都如出一辙。

一个解剖过无数爱情故事的女作家说，所有撼动人心的爱情故事都有一个秘诀。这个秘诀就是禁忌。

人类的天性深处，住着一个喜欢说“不”的小孩子。对于唾手可得的事物，往往视而不见。对于别人要求不能去做的事，一定要千方百计地去尝试。

我幼年时住在乡村。夏天月明星稀的夜里，躺在院子里的凉席上看月亮。老人说，不要用手去指月亮，不然会被月亮割掉耳朵。看着天边那一把明晃晃的镰刀，凉飕飕，冷冰冰，似乎真的只要一指，随时就会飞快地来割掉我的耳朵。饶是这样惧怕，胆战心惊，还是会偷偷地伸出一根手指，飞快地向月亮一戳，又赶紧缩回来紧紧地捂住两只耳朵。直到夜里回屋睡觉也不敢放下来。第二天早上醒来，赶紧摸摸脑袋两边，又跑去照镜子，确信两只耳朵还完好无损地长在那里，这才放下心来。

也常常缠着大人讲鬼故事。听得背后汗毛直竖。乡村的夜晚，四野空旷，风吹竹林，不知名的声响此起彼伏。屏声静气地听着那些毛骨悚然的鬼故事，似乎那些毛茸茸的鬼爪子正悄没声息地从背后伸过来。这时候，一点轻微的动静也会吓得一群孩子惊声尖叫起来，抱成一团。这时大人们便会停下来，笑吟吟地看着一群被刺激得嗷嗷叫的小鬼。我们却又不肯罢休，赶紧藏进各自爹娘的怀抱，嘴里却还一迭连声地催着说故事的大人接着往下讲。

人性如此，愈是禁忌的事物，愈是激起骨子里的好胜之心，偏要想方设法去尝试一番，并且百折不挠，锲而不舍。爱情亦如此。年轻的活佛仓央嘉措的爱情，亦如此。

人类天性里的悖反情结注定了我们对于过于顺利的过程、平淡无奇的遭遇、中规中矩的行为缺乏关注的兴趣。人生不过如此，爱情不过如此。没有巨大的障碍和禁忌，轻易得到，便缺少曲径通幽、苦尽甘来的惊喜。汹涌的浪花总是巨大的礁石激起的，过于干净的河床，流水无波，怎及波澜壮阔的河流撩动人心？

年轻的活佛仓央嘉措，在被禁忌激起的巨大激情里，义无反顾，背对所有刀枪斧钺，应着爱人明媚灿烂的笑脸走了过去。

三百年后，我站在扎什伦布寺的阳光和阴影里，遥想那惊心动魄的一场禁忌之战，似乎又听见仓央嘉措凛然决绝的声音，出鞘利剑一样的虎啸龙吟。

我迷恋这禁忌的瞬间体验，哪怕有如虚幻。

《金刚经》有偈：凡所有相，皆是虚妄。若见诸相非相，即见如来。佛说世间万物皆是化相，此心若不动，万物即不动。

缘起即灭，缘生已空。在拉萨，我今夜写下迷恋，明日即起身离去。

断肠

在去往后藏的一路上，我都在翻阅各种版本的情歌，看到那被俗世爱情俘获的活佛，也和所有热恋中的男女一样，免不了疑神疑鬼，患得患失。想来，初恋少女变心的阴影，始终在他心中挥之不去——

虽然肌肤相亲，
情人的真心却不知道。
不如信手在地上画画，
能算出天上星星多少。

砂石伙同风暴，
刮乱了老鹰的羽毛。
虚情假意的姑娘，
使我心烦意恼。

佛法、教规、上师的教导，也时常不请自来，在心中和爱情打架——

> 工布少年的心情，
> 像蜂儿进入蛛网。
> 和情侣缠绵三日，
> 又想起究竟的佛法上。

这无所适从的青春啊，究竟要何去何从……

百灵鸟唱累了，也要飞回寂静山林。美丽的姑娘总有一天要去往他乡。这一年，达娃卓玛被爹娘带回了遥远的琼结。

那正是桑结嘉措与拉藏汗的斗争最为白热化的阶段。作为一颗关键的棋子不得不被裹挟在这场争斗中的仓央嘉措，已经很多天没有机会去看望心爱的姑

娘了。这一晚终于有了机会，赶紧溜出那戒备森严的布宫，熟门熟路地闯进了玛吉阿米的小酒馆。

正是酒酣耳热的时候，满屋子的男男女女闹作一团。台上的歌者唱的正是自己写的歌，有人认出了已经许久不来的风流浪子宕桑汪波，小酒馆的人们早就已经在传说，这个风流倜傥不明来历的年轻人，正是布达拉宫活佛坐上神情端严的年轻寺主。所以今夜他在屋子中一现身，所有的目光都热烈地向他投射过来了。

然而这其中没有最想念的那个身影。

善良的酒馆老板娘将他拉到一边，悄悄告诉他，他日思夜想的姑娘达娃卓玛再也不会回到这里来了。就在两天前，怒气冲冲的父亲拽着卓玛找到了她的小酒馆，追问她拉萨街头的那些传言是不是真的，她与卓玛面面相觑，不敢承认，也不敢否认。盛怒之下的父亲当即就将卓玛拎小鸡一样地拎走了。她打听过了，卓玛的父亲已经在家乡为她物色了门当户对的亲事，这次来拉萨，就是来捉卓玛回去成亲的。

爱情有两个名字：得不到，已失去。年轻的仓央嘉措，没有得到少年情窦初开时节的恋人，又失去两相爱悦的情侣，活佛的光环与荣耀温暖不了为爱情割伤的心。红山上空深蓝天幕的浩瀚星月，照耀着这布达拉宫的断肠人，却亘古无言。欢乐趣，离别苦，就中多少痴儿女。在它们看过世世代代离合悲欢的眼睛里，这为相思日渐瘦损的人儿，若迷途羔羊，谁能开解，谁能奈何？

珍宝在自己手里，
并不觉得稀奇。
一旦归了人家，
却又满心是气。

热恋着我的情人，
被别人娶走了。
相思致我成疾，
身上的肉都消瘦了。

拉萨街头流行的情歌里，多了苦涩的意味——

热恋的时候，
情话不要说完。
口渴的时候，
池水不要喝干。
一旦事情有变，
那时后悔已晚。

风暴

仓央嘉措的情歌在拉萨街头和西藏民间流传得愈来愈广，拉藏汗与桑结嘉措之间的矛盾也愈演愈烈，一场噩战，终于不可避免地爆发了。

也许，是第巴桑结嘉措在那些流传于街头的情歌里听到了幻灭，也终于彻底对仓央嘉措失去了耐心，再也没有力气腹背受敌，决定孤注一掷了。

向来精明强悍、深沉稳妥的第巴桑结嘉措方寸已乱，竟做出了一个病急乱投医的决定，犯下了一个低级的大错。他精心设计的投毒计划被睡觉也睁着眼睛的拉藏汗轻易识破，派去的奸细轻易就出卖了他。

黑云压城，布达拉宫金顶的光芒也无法穿透积压在拉萨天空的阴霾，暴风雨，一场掀天覆地的暴风雨眼看就要来了。拉萨愈加氧气稀薄的空气，紧张沉闷得让人快要喘不过气来。

抓住了把柄的拉藏汗眼睛里喷出了火，必欲置桑结嘉措于死地而后快。藏蒙福田、施主之间维持了几十年的温情脉脉的面纱彻底撕破了，宁静了许久的西疆净土，又开始弥漫着杀戮的血腥戾气。

眼看五世达赖辛苦一生创立的太平基业就要毁于一旦，拉萨三大寺的高僧再也坐不住了。一七〇五年一月，在三大寺高僧的奔走下，藏蒙双方、政教两界的各路代表终于坐到了谈判桌前，仓央嘉措作为活佛主持了这场会谈。作为风暴眼的第六世达赖喇嘛，自然无法再置身事外。

从清晨到日暮。太阳升起，月亮落下。月亮升起，太阳落下。这一场谈判持续了很久，久到走出布达拉宫日光殿的仓央嘉措，和三百年后的我，站在那里一样恍惚，以为世上已过了千年。

狮子与老虎的谈判，结局从来只能两败俱伤。

在众人的劝说下，第巴桑结嘉措与拉藏汗表面双双妥协，相互约定放弃地方政务实权，一个回到贡嘎宗食邑颐养天年，一个保留蒙古王称号返回青海驻牧。而实际上，两人各怀鬼胎，谁也没打算真的放弃手中权柄。第巴桑结嘉措借着交接政务的由头，无限期地拖延着留在拉萨的时间，布达拉宫大大小小的事务，仍然牢牢掌控在他手中。拉藏汗更是像一只伺机复仇的饿狼，在迫于承诺离开拉萨以后，一路假装游山玩水，逗留于羊八井、当雄等地。直到春天过完，才缓缓抵达那曲，并暗中集结藏北各地的蒙古军队，做好了反戈一击的准备。

五月，这一场不过被暂时推迟的肉搏战，终于大张旗鼓地上演了。拉藏汗在那曲秘密集结军队完毕，即拉起“清君侧”的大旗，借口桑结嘉措未遵守决议，大举回兵讨伐。

在当雄，拉藏汗与其妻次仁扎西分兵两路，分别从澎波和堆龙德庆向拉萨挺进。色拉、哲蚌二寺堪布闻讯，日夜兼程赶来劝阻，请求罢兵。

志在必得的拉藏汗岂肯罢休，悍然拒绝了各方僧众的苦苦相劝，任这些德高望重的僧人老泪纵横，只作充耳不闻。而大义凛然的面具，掩饰不住脸上磨刀霍霍向猪羊的快意。

七月，独揽西藏政教大权二十余年的第巴桑结嘉措，政治生命与肉体生命被一个女人的手一刀砍断。而这双手，曾经无限温柔、无限忐忑、无限期冀地向他伸出来过，也曾经无限寂寞、无限眷恋、无限幽怨地划过他金黄色的僧袍，黯然垂落。

被拒绝的女人，叫作次仁扎西的女人，不知道桑结嘉措的头颅滚落的时候，她的脸上是否也有热泪滚落。

求之不得的爱情，真的会让一个柔情似水的女人，变成不眨眼的恶魔吗？三百年后，我宁肯相信，她如此急切，等不及与拉藏汗胜利会师，就刀剑一挥，痛快地结果了那让她爱恨交织的男人的性命。那一刀下去的勇气，既是对自己挥刀断缘的成全，也是对刀下人免受侮辱的成全。

拉藏汗对这一切知情吗？这个胜利的、趾高气扬的男人，从此统治前后藏长达十二年之久的蒙古人，恐怕做梦也不曾想过，桑结嘉措头颅落地的那一刻，他也未必就是真正的胜利者。

迷失

第巴桑结嘉措这个心腹人患已经除掉，仓央嘉措对拉藏汗来说，已经失去作为手中武器的利用价值。他接下来的目标，自然是要踢开这个他实现独揽西藏政教大权霸业路上唯一的绊脚石了。

对付羽翼单薄的仓央嘉措，比起对付树大根深的桑结嘉措，对老谋深算的拉藏汗来说就是小菜一碟了。

借口也是现成的。那些在西藏土地上众口流传的情歌，就是铁板钉钉的罪证。

不过，他也知道，这不守清规的活佛，在西藏僧众心目中，依然有着他拉藏汗无法企及的地位，人们传说和议论着他的种种行迹，虽觉有悖礼仪，却未必不可饶恕。对爱情的追求，不仅没有降低人们对他的尊敬与爱戴，相反，更为他的身影打上了忧伤深情的光环，来自爱情的苦修和受难者的忧伤与深情，与宗教的神秘热烈，多么相似，二者同样是他的冠冕。谁不怜惜深情，那从来高高在上的活佛，此际却和小民百姓一样有着寻常的情绪，任性，多情，勇敢，无畏，爱女人，爱自由。从云头降落红尘的神仙，总能得到世俗世界更多的喜爱与亲近。

人心向背、毁誉的力量是巨大的。拉藏汗清楚，要除掉这块绊脚石，还需要得到更多的附和与支持。而拉萨各大寺的上师们，对清规戒律最有说话权的这些高僧，自然是拉藏汗首先要争取的对象。只要得到这些德高望重的上师们附议，拉萨民间便不足为虑。

红山山头黑云翻滚，布达拉宫的金顶似乎也要被沉沉的云翳压垮了。这是阴霾蔽日的一天。一月的朔风凛冽地掠过布达拉宫光影森然的日光殿，逗留在殿堂中央一丛丛凝滞不动的红袍上。

在这里，正在进行的是拉藏汗策划和发动的一场三堂会审。这些端坐如蜡像的身影，正是拉萨各大寺的活佛，被拉藏汗召集拢来，对仓央嘉措执行宗教审判。这些世事洞明的活佛很清楚，此时他们不过是握在拉藏汗手中的刀子。瞄准的正是那失去了桑结嘉措的庇护，已经手无寸铁，却依然我行我素、骄傲而稚嫩的年轻人。

拉藏汗的这一招，原是指望一刀见血，借着这些高僧发力，直接痛快地除掉仓央嘉措的。于是，审判一开始，他就直截了当地罗织了仓央嘉措的罪名：耽于酒色，不守清规。并迫不及待地宣布了审判结论：非真达赖，乃桑结嘉措勾结准噶尔谋反的傀儡。

不承想事情却并无意料之中的顺利。这些他原以为拿捏在手的僧人，并非个个可以随意揉捏。也许是因为拉藏汗太过于热切和嚣张的意图惹出了他们的反感，引起了他们的警惕。这些高僧几乎一致性地不肯认同拉藏汗的结论。他们再三斟酌，最终严谨而慎重地给出了合议庭的结论：迷失菩提。

迷失。如此而已。是一时糊涂，是年少无知，是涉世未深，是修持不够。谁不会犯错呢？因为年轻，一切都可以补救，没有什么不可饶恕。

戒律森严，佛陀慈悲。佛法的真义，从来不是惩戒，而是引导。佛并不否定爱情，相反，在某种意义上来看，爱情所具有的绚烂迷目却转瞬即逝的特征，本质上正是最接近佛法教义万法皆空的圣谛，是通往了悟空性的最直接的路径。

正如后世桑田吉美诺布所说：“仓央嘉措最根本的教诲，就在于生命本身，不管它以什么相显现在我们眼前，都是我们最好的老师。”

迷失菩提。这个结论，已经明确无误地给出了西藏宗教界和民间共同的态度：不否认仓央嘉措行为的瑕疵，但也绝不因此否认他作为五世达赖转世灵童和六世达赖喇嘛活佛的身份。

狡猾如草原上红毛头狼的拉藏汗，还是低估了西藏土地上如牧草一样朴质，却也如牧草一般柔韧的民众。原以为捋下仓央嘉措身上活佛衣冠，如同信手掸掉眉睫之前的浮尘，却不料这一回老江湖走了眼，失了手，丢了人。

自然，拉藏汗不会就此认栽、罢休。猎狗岂能让鹞鹰啄了眼？眼看到嘴的肥肉，怎么甘心让它溜了？没能借拉萨各大寺高僧这把刀杀了仓央嘉措，那就万里迢迢去搬一座虎头铡刀。一刀下去，人头落地。

这把铡刀，便是满清帝国英明神武的康熙大帝。

当夜，拉藏汗即派出亲信，飞驰进关，向康熙禀报。称已为大清皇帝除掉意图勾结准噶尔人谋反的第巴桑结嘉措，并历数仓央嘉措种种不守清规、酗酒好色、放荡不羁的行为，请求朝廷立即废黜桑结嘉措所立的假达赖仓央嘉措，另寻真正的转世灵童。

召唤

英明的康熙大帝玄烨，有着草原鹰隼的锐利与警惕，并没有因为关内舒适宜人的气候疏懒了筋骨，为江南江北的繁花迷糊了双眼。拉藏汗的那点心思，他又怎会看不透呢？然而此时的满清帝国，连年征战的硝烟刚刚平息。草原枭雄噶尔丹的叛乱，旷日持久的远征，已经大伤了大清帝国的元气。一场战争的胜利，并不是一个国家真正的胜利。雄才大略的帝王康熙非常清醒，此时的朝廷和人民最需要的，是休养生息，是养精蓄锐。拉藏汗再狡猾，充其量不过只是一头在草原上横行的狼，还搅不起黄河长江里的大浪。何况，这头狼还帮自己除掉了一个心腹大患——桑结嘉措。

此时，这头独狼，要千里迢迢地来借一把刀，对一群羊的头羊下手。这把刀，借还是不借呢？

对那任情任性、我行我素的年轻活佛，康熙并无敌意。一方面，这样心思单纯的活佛，于他的万世基业并不构成威胁；另一方面，这样一个与自己一样为万民景仰的王者，却敢于无视种种羁绊，冲破藩篱，只为自己的心活着，既让他惊讶不已，也令他暗中歆羡。从来帝王不自由，被供养在神位之上，哪里还能奢求世俗的幸福呢？然而，这个年轻人却勇敢无畏地向全世界喊出了“不”。

这一刀，其实他是不愿借给野心勃勃的拉藏汗的。

然而对于一个大国君主，个人情感必须让位于国家稳定大局。政治，总是会有牺牲的。高处不胜寒、天真无惧的人，本来就不适合身居高位。

权衡再三，康熙派出使者护军统领席柱和学士舒兰赴藏，一面旌表拉藏汗的忠心，敕封其为“翊法恭顺汗”，并赐金印一颗；一面命将仓央嘉措解送进京。

这不能不说是康熙的良苦用心。既给了拉藏汗面子，送了他个顺水人情，其实也是对险境中的仓央嘉措的保护。

一七〇六年春末的拉萨，也和今天一样飘着春雪吧。曙色昏昧，仓央嘉措平静地跨出布达拉宫的大门，却被眼前的一幕情景钉在了原地：宫门前，黑压压的一大片，人们匍匐在泥泞的广场上，雪花无声地落在他们的头发上、衣服上，落在他们高高捧着的洁白哈达上，落在他们满面泪痕的脸上。

在离别故乡亲人时也没有掉一滴眼泪的仓央嘉措，此时也忍不住泪水模糊了双眼。

这些善良的人们，无论他有过多少离经叛道的荒唐，无论那些道貌岸然的卫道者加在他身上多少罪名，从来都没有离弃过他。他们以青藏高原广袤的土地一般宽广的胸怀包容着他，信赖着他，供养着他。他们无法阻止高高的布达拉宫里发生的一切，无法越过宗教世界的严格教规，无法改变世俗社会的森然律法，只能无力地聚集在这里，为他们爱戴的、命运未卜的年轻活佛虔诚祷告，目送他踏上这山长水远的路途。

二十五岁的仓央嘉措，年轻叛逆的心，只为爱疼痛过的心，第一次，为了匍匐在他脚下的这些人们，这些单纯信仰着他的人们震动了。

也许，就是在这一刻，他才真正地相信了自己拥有的力量，相信了自己并不仅仅只是一个普通的佛教徒，相信了他的肉身绝不仅仅属于自己，属于生他养他的父母，属于枕边、心上的爱人。它属于西藏这片土地，属于这片土地上的神山圣湖、青草牛羊，属于淳朴善良的人民，属于生生不息的信仰。

布达拉宫晨祷的钟声忽然响起来。他在雪地里蓦然驻足，侧耳倾听。身后长长的送行的队伍也停下来。万籁俱静，只有庄严沉厚的钟声，一声一声，回荡在高高的红山顶上，回荡在漫天飞舞的春雪里。

第一次，他听到了那来自灵魂深处的召唤……

惊变

此时，哲蚌寺内，正酝酿着一场风暴。

措钦大殿外的空地上，一群身形魁梧的红衣僧人席地而坐。每个人的脸上均神色肃穆、沉重，强抑的悲愤黑云一般笼罩在人群的上空。

空气里的温度似乎降到了零点，蕴藏着一场一触即发的雪崩。

寺门外，闻讯赶来的人群望穿秋水地朝布达拉宫的方向张望着。那里，他们爱戴的六世达赖活佛，此刻已沦为阶下囚的仓央嘉措，被康熙的使者和拉藏汗的军队押送着，正向这里逶迤行来。

沉默的人群忽地起了一阵骚动，如同平静的海面上掠过一阵腥咸的海风，一股巨大的浪头自海底暗暗涌动起来。

押解仓央嘉措赴京的一行人走过来了。护卫队的后面，长长的送行队伍绵延了两里地。那是从布达拉宫一路跟随而来的信众。一路上，还有人络绎不绝地加入进来，队伍越来越庞大，潮水一般漫延在大街小巷，阡陌田畴之间，塞满了自布达拉宫至哲蚌寺的道路。

三百年后，站在哲蚌寺外，我还恍惚置身汹涌的人潮，身不由己地被一个又一个浪头推动着，涌向那被押解而来的年轻活佛。

我感觉到了身侧倏然卷过的飓风，裹挟着惊雷的力量，迅速越过人群。那是哲蚌寺的高大武僧，二十余条彪悍的藏族汉子，像一群闻到警讯的藏獒，迅雷不及掩耳地出击，向押解的队伍直冲过去。

这一下变起仓促，猝不及防，卫队被冲散了。仓央嘉措还未反应过来发生了什么事，就已经被一股大浪簇拥裹卷着，涌进了哲蚌寺的大门。

寺门很快关闭起来。人群像海水一样，涌向紧闭的寺门，很快就灌满了卫队与寺门之间的空隙。

隔着人群的海洋，惊慌失措的护卫队伍眼望紧闭的哲蚌寺门，一筹莫展。

领队的蒙古军官策马欲上前，人群铜墙铁壁一般拦在他的马前，被惊的马突然直立嘶叫起来，将马上人狠狠地摔了下去。

对峙继续着。

西边天空收拢了最后一缕天光，暮色四合。哲蚌寺内的灯光一点一点亮起来。寺门外，没有一个人离开，人群静默着，在浓黑的夜色里，如屹立在黑浪中的巨大礁石。

天亮了。天黑了。又一天过去了，对峙的情形依然。哲蚌寺僧人将仓央嘉措藏于寺内甘丹颇章宫中，上百武僧则全体肃立寺门，与不肯离去的信众一起，与寺外的蒙古军队枕戈达旦，眈眈相向。

拉藏汗闻报，极为震怒，立即召集大队人马，亲自披挂上阵，杀气腾腾直奔哲蚌寺而来。全副武装的军队将哲蚌寺围了个水泄不通。

入夜，上千僧众守护在寺门前，面对如狼似虎的蒙古军队，没有一丝一毫退让的意思。暴怒的拉藏汗下令军队强行冲向寺门。

空气紧张得要凝固了。一场血腥的冲突眼看就要上演。

突然，紧闭的寺门缓缓打开了。所有的动作都停了下来，剑拔弩张的军队和人群同时一震，几千道目光，齐刷刷投向洞开的寺门。

黯淡的酥油灯光照亮了一张年轻俊美的脸，仓央嘉措手捻胸前佛珠，沉着地跨出哲蚌寺的大门。他的身后，是脸色沉凝悲愤如水的哲蚌寺众僧。

人潮自动地向两旁散开，让出一条道来。仓央嘉措步伐从容，缓缓走到拉藏汗的马头之前，目光如炬地注视着拉藏汗："我跟他们走，不要用你的刀弄脏了这块圣地！"然后转身向泪流满面的人群深深鞠了一躬，即走入了押解他的蒙古军队。

纪念

人们说，仓央嘉措离去之后，拉萨城里所有曾热恋过他的女子，都将自己的房子涂成了黄色，作为永远的纪念。

历史没有给爱情留下位置。但传说从来都不会忘记，一个叫作达娃卓玛的美丽女子。

在藏地，达娃和卓玛的名字随时随地都可以碰到。这是藏族女孩最爱取的名字之一，达娃代表月亮，卓玛代表仙女。像月亮一样纯洁，像仙女一样美丽，它们寄托着美丽多情的藏族女孩最善良的愿望。

人们说，仓央嘉措最爱的女子达娃卓玛，在一夜之间，被察知真相的父亲强行带回故乡，随即远嫁他乡。

她去往了哪里？在她的一生之中，可曾无数次地回想起玛吉阿米的这一段歌者生涯，回想起这一段多情缱绻的时光？她可曾知道，在她离去之后，在布达拉宫的深宫，怀念她的情歌像龙王潭的泉水一样，日日夜夜低吟不止——

在这短短的今生，
这样待我已足。
不知来世少年时，
我俩还能不能会晤。
…… ……

在玛吉阿米的小酒馆，邂逅一个厦门援藏的导游。她说，曾陪同一个研究藏族民歌的音乐家去往山南琼结采风。他们去往的古老村落叫作雪村，这个村子两千年前曾是雅隆部落的王城，村北有青瓦达孜城堡，村南有吐蕃赞普的墓地。雪村静静地卧在温暖的阳光里，像一个豁达无言的智者，也像一个沉默千年的谜语。

雪村的老阿妈说，琼结姑娘达娃卓玛的家就在雪村的北面，叫作班久夏。班久夏的后人，男的彪悍英俊，女的聪明漂亮。

老阿妈说起达娃卓玛的故事如数家珍。她说，你不知道吧，五世达赖阿旺罗桑嘉措也是我们琼结雪村人呢，他登上达赖喇嘛的宝座以后，为了在红山顶上修一座西藏最高大巍峨的宫殿，从前后藏各地征用了上万的民工和匠人。就连他的故乡琼结，也被征调了好几十个工人，班久夏的达娃卓玛也在其中。美丽的卓玛有一副百灵一样动听的歌喉，经常为乡亲们唱歌解乏。人们从春到夏，从夏到秋，一直在红山上不停地劳作，家里的老人小孩饿了病了也没有人照管。秋天到了，地里的庄稼成熟了，没法回去收割，只好烂在地里，人们的心里痛苦极了。聪明善良的姑娘达娃卓玛想，一定要让达赖喇嘛知道乡亲们的苦楚。

一个寂静的深夜里，忽然从红山顶上传来一曲天籁一般的歌声，响彻拉萨的夜空。

哲蚌寺的达赖喇嘛也被歌声惊醒了，他听出来了，那是他故乡琼结的乡音，歌声里充满了苦涩的期待：

我们是琼结雪村人，
我们是达赖佛爷故乡的人。
我们是破陶罐里种大蒜的人，
我们是从天窗里晒太阳的人。
我们是靠十个指头养活嘴巴的人。

歌声深深打动了五世达赖的心。第二天，他就找到了琼结雪村人的工地，找到了唱歌的达娃卓玛，询问了乡亲们的苦情，让他们全部回到故乡，并从此免除琼结乡亲的全部差役。勇敢的达娃卓玛从此成为了琼结人的骄傲，在全西藏都出了名，人们传说她是白度母的化身，专为救度琼结人的苦难才降生在雪村。

玛吉阿米的烛光摇曳，和达娃卓玛一样美丽的导游姑娘眼睛里盈盈如水。我说，你讲的达娃卓玛显然不是六世达赖情人的达娃卓玛呀。五世达赖修建布达拉宫时，仓央嘉措的胚胎还不知道在什么地方呢。

她笑了，说可不是。我们也是这样说呀，可是雪村的人才不管这个，他们信誓旦旦地说，她们就是一个人。他们还说，达娃卓玛回到故乡后，嫁入了当地一位德高望重的家族，生下了很多儿女，但她一天也没有忘记在布达拉宫受苦的仓央嘉措，白天黑夜地都想着他念着他，每当有去往拉萨的人们回到村里，她都要去打听他的消息。

老阿妈说，在雪村，人们都知道她和六世达赖的关系。奇怪的是，并没有任何人指责她的轻薄浪荡。相反，当地远近的人们却因此对她更加尊敬，哪一家有婚丧嫁娶的大事，都还要专程来请她前往。

据说，七世达赖格桑嘉措的父亲罗桑达吉曾经在琼结修建一座寺庙日乌德寺，塑了一尊两人高的弥勒强巴佛镏金铜像。佛像开光之日，罗桑达吉还专程前去拜会了达娃卓玛，恳请她参加佛像的开光仪式，达娃卓玛为了感谢他的盛情，开光那天，专门为佛像供奉了一条自己精心编织的七彩围裙，这条围裙至今被作为圣物装藏在佛像里面。

“文化大革命”时，一伙人冲进日乌德寺造反，他们捣毁了强巴佛殿，推倒了强巴佛像，一个名叫洛热娃的骡马贩子，趁人不备，从强巴佛的肚子里，将达娃卓玛供奉的那条颜色依然鲜艳的围裙偷偷揣进怀里带回了家，他喜滋滋地叫老婆围上，不料他老婆一围上这条围裙，便感到天旋地转，急忙解下来，后来又有几个人围过，但都一样，没有办法，洛热娃只好又把围裙送回原来的地方。

我也笑了，看来藏族老百姓的佛都对年轻人的风流浪荡甚是宽容呢。

她却一脸严肃，正色道，民间传说总是善良的，其实真正的佛从来都是民间的保护神，板起脸孔拿起棍棒来的不是神，只是借神之名高高在上的卫道者。

我们离开玛吉阿米的时候，八廓街已经上灯了。入夜之后，更多人们正朝这里拥来。他们来自世界各地，有着各种不同的肤色，说着各种不同的语言，像潮水一样涌向拉萨街头这座毫不起眼的黄色小房子。无论他们来自哪里，有着怎样的肤色、语言和宗教信仰，此时在他们心里，只有一个共同的信仰——爱情。

重逢

阔别青海湖十年之后，再次回到这块魂牵梦系的土地。回到它无垠草原，茫茫碧水，浩浩长天。

梦里常常回去的地方，叫作故乡。

人是有两个故乡的。一个是出生的土地，一个是精神的原乡。

水是人类的母体。人类的祖先从水里上岸，人从母腹的羊水中降生。碧水蓝天，从来就是人类的原乡。

青海湖，藏语叫作错温波，意思是青色的湖；蒙古语称它库库诺尔，即蓝色的海洋。这个高原湖泊静静地伫立在海拔三千三百米的青藏高原上，远远望去，海岸线竟仿佛高出地面许多，湖水随阳光的变化呈现出分明的层次，如同神迹。

那一年，从青海湖回来后，常常做梦，徘徊在它的水边，踩着高原湖泊冰冷的湖水，一直走向它的深处。梦见瞬间变幻的天空，在突然而至的一场大雨里，和肥壮的牦牛一起奔跑。那些梦境，历历如在眼前，我还是那个瘦削苍白的女子，在高原的阳光里，被晒得像蛇一样一层又一层地蜕皮。

今天，终于又站在了这一片水域边，反倒觉得不真实，似乎不过是一场梦游。

这是五月，正是青海湖观鸟的最好时节。站在鸟岛突兀的裸岩上，看众鸟翔集，上下翻飞，似乎年华停顿，我从未曾自此地离开，不过一觉醒转，阳光穿窗而进。时光的影子，已然失去形状，毫无轨迹。而其实，这中间已隔了烟水茫茫的十年。当年湖边邂逅的小喇嘛也已经成年，一批又一批的小鸟出生，老鸟死去，埋骨他乡。我今日看见的鸟儿，还有当年的某一只吗？

重逢一片海，需要十年。重逢一个人需要多久？

傍晚，在悠长的日落时分，跟随几头闲散的牦牛，走上镇子后面的缓坡，缓坡上的沙陀寺。

那一年，就是在这片草坡上，第一次亲眼见到了风吹草低见牛羊的图画，那一堆一堆云絮一般散落在草丛中的羊群，沐浴在天边晚霞里，美丽得如同神话。

沙陀寺是环青海湖最大的宁玛派寺院。传说，当年五世达赖喇嘛罗桑嘉措进京觐见顺治皇帝，返藏时途经青海湖，夜宿沙陀之地，由于长途跋涉，人困马乏，又缺饮用淡水，正在束手无策之际，达赖的随从在南坡丛草乱石之间，觅得了一泓流泉。五世达赖一行离开之际，便在这里举行了隆重的转山转海仪式。从此，沙陀寺便成为宗教圣地，每年都会吸引无数信徒到此煨桑拜佛。

沙陀寺的寺庙原本占地有四百多平方，拥有僧舍三百余间，原来的大经堂飞檐画栋，赭墙香饰，屋顶饰有金龙、经轮，佛坛香烟日夜缭绕，颇为壮观。然而在近半个世纪中数度被毁，五十、六十、八十年代中不断被拆毁又重建，十年前的我所见到的沙陀寺正是八十年代重建的。寺外左侧的山坡上有一个大的玛尼石堆，一块块黑色的片石层层垒叠如梯状。手工刻绘的文字佛像线条流畅，在微微的阳光照射下散发出柔和的光。

坐在沙陀寺的夕阳里，看着远处的青海湖，和湖畔草原上散落的大大小小的海子，那些蓝色珍珠一样澄净的海子，是大草原的眼睛。看过一万年人世沧海桑田的眼睛，为谁蓄满了咸涩的眼泪？

三百年前的那个扑朔迷离的冬夜，在这湖边，到底发生过什么？二十五岁的仓央嘉措，在正史中的行踪，至此为止。人生落下帷幕。可是那语焉不详的记载，追随他的子民，从来就没有相信过。他们说，镣铐如何能够禁锢得了他？他是众神之神，人间的帝王拿什么向他问罪？他来去自如，自由无羁，不过像草原上一阵清风，蓝天上的一朵闲云，隐入了这长天碧水之间。

历史不过是任人打扮的小姑娘，满清的历史，语焉不详，不明不白的多。民间的传闻从来不是空穴来风，来自村野山间朴素的众口相传，往往还原的是时间深处的真相。

神山圣湖不语，青海湖的神灵不语。真相，自在人们的心里。

万物生生不息，向死而生。如果青海湖真是他二十五岁之前生命的终结地，那么这里，也就是他涅槃重生之地，是他这一世流水的源头，和故乡。

日落之后，天很快就黑下来。深蓝的天幕上，一点一点闪烁的星子次第出现。

席地坐在帐篷门口，长时间地抬头看天空，想要找到那年在此地，第一次毫不费力地辨认出的北斗七星。

天空一无所有，为何给我安慰？

科学家说，我们看到的星光，其实可能来自几万年前，而那个发光体也许早已陨落了几万年。

不知道我今夜看见的星光，是穿越了多么漫长的时空来与我相见。

夜里，依然住在卓玛的帐篷。依然是十年前的草地，十年前的绚烂落霞，十年前的夜露，十年前的浩瀚星空。只是，这依然叫卓玛的女主人，已不是那一年美丽羞涩的长辫少女。

青海湖的五月夜晚寒意逼人。入夜后，沁人的地气渐渐从地底、从帐篷的缝隙里，一点一点渗进来，钻透厚厚的七八层被子，慢慢爬上我的脚、踝骨、膝盖。被子里的热气越来越少，膝盖开始隐隐作痛。

无法入睡。帐篷外充满各种暧昧不明的声音，远处的海鸟，近处的虫鸣，风吹过玛尼堆的声音，似乎还有窸窸窣窣走动的小动物。

辗转反侧，到凌晨时终于迷迷糊糊睡着了。梦里，年轻的仓央嘉措笑意盈盈，走了长路来见我，我们坐在帐篷门口仰望星空，此时的他却又已经满脸霜雪，已在垂暮之年。而我分明还年轻，额头饱满，头发乌黑，眼神清亮。在梦里，我很清楚自己是在做梦，知道这情形不过是在错过了的前生后世里的遇见。在梦里，我看见自己怀着小小的私心在祈祷不要醒来。

清晨醒来，阳光已经洒满草地，拖着长长的影子。草尖上挂着雾白的晨霜。

谜面

长途漫漫，道路艰险，解送仓央嘉措的队伍行进得很缓慢。花开了，花谢了。草青了，草黄了。从春到冬，白雪皑皑的十一月，这只由汉、藏、蒙、满各色人等组成的人马终于翻过了念青唐古拉山，穿过茫茫戈壁草原，来到了碧波万顷的青海湖畔。

青海，这一片世界屋脊上寂寞而荒凉的土地，这一片镶嵌着蓝色海洋的神奇土地，在世世代代藏传佛教信徒的心目中，是他们灵魂皈依的故土。从这里，走出过格鲁派祖师、黄教创始人宗喀巴大师罗桑扎巴。在这里，三世达赖索南嘉措曾与蒙古土默特部领袖俺答汗讲论佛法，弘扬格鲁派教义，劝止蒙古族人更改陋习，崇习佛教，并在宗喀巴降生之地湟中莲花山坳中修建了藏传佛教六大寺之一的塔尔寺，在青海藏区建立了格鲁教派的宗教统治地位。在他身后，成千上万的蒙古草原部落由信仰萨满教改为皈依佛教，放下嗜血的屠刀，在宁静祥和的梵音中，狼性渐渐泯灭，人性光辉复苏。浩瀚的青海湖再一次见证了佛法无边的博大与包容。

押送仓央嘉措的蒙古兵丁，大多也是黄教弟子，虽效命于拉藏汗，但对活佛的虔诚信念，早已灌注于他们根深蒂固的信仰之中，对难中的仓央嘉措的虔敬与尊重依然。因此，与其说是押解，不如说是护送，一路上悉心照料，倒也并没有为难他。饶是如此，经过一个夏季的长途跋涉，连月暑热溽人，处处蚊叮虫咬，加之各种沼泽瘴气的袭击，走到青海湖草原时，仓央嘉措也已是形销影瘦、病骨支离了。

《清史稿》说，这里就是仓央嘉措的埋骨之地。然而，仅仅只是“行至青海道死”这样几个字，横看竖看，怎么说也过于敷衍潦草了些。而在青海、西藏官方、民间各种各样的史料和传说中，病死，谋杀，逃脱，遁去，不知所终，种种或猜测或言之凿凿的记载，众说纷纭，真真假假，云遮雾罩。仓央嘉措在青海湖畔留下的生死之谜，遂成为藏传佛教中最为扑朔迷离的疑案之一。

关于仓央嘉措的结局，官方的说法通常有两种：一说为病逝于青海湖畔，一说为清廷软禁于五台山。而民间的说法就很多了，有说为拉藏汗秘密杀害的，有说因厌世而投湖自杀的，流传最广的还是于青海湖中夜遁而去的说法。有的说是仓央嘉措自己施展法术，脱开枷锁而去；有的说是为押送他的使者秘密释放的；也有的说是本来康熙就没有要押解他进京的意思，是使者中了拉藏汗的圈套，自作主张，因此走到青海湖畔时接到康熙圣旨，严加申斥：“尔等将此教主大驾迎来，将于何处驻锡？如何供养？实乃无用之辈。”因此哀求仓央嘉措假装逃遁，解救众人免遭重责。仓央嘉措于此游历四方，行踪遍及汉藏各地，

最后停留于阿拉善地区，弘法利生，六十多岁圆寂于当地。

病故说虽然一直为清史正说，其实并无可信的证据。学者考证，向清廷奏报仓央嘉措病故青海湖，遗体运至塔尔寺焚化的奏报来源于西宁喇嘛商南多尔济，这人属于青海和硕特蒙古部落，是五世达赖方面的人，与西藏和硕特蒙古汗王拉藏部族实为政敌。无法解释的是，这样的大事，清廷负责押解仓央嘉措进京的两位钦差大臣——护军统领席柱、学士舒兰没有任何相关文字留下，而塔尔寺和湟中地区的县志中也无任何的历史记载。

为拉藏汗杀害一说，大抵来自信众的同情，因为此时仓央嘉措对拉藏汗已无法形成威胁，拉藏汗实在已无冒险行刺的必要，何况还可能得罪清廷。而投湖自尽之说与藏族伦理传统和人生观不符，杜撰的成分更大。 软禁于五台山的说法，可信度更小，依据不过是十三世达赖喇嘛土登嘉措的传记中，提到入京觐见途中，曾前往五台山祭拜六世达赖坐化的遗迹。仅凭此一记载，要让人信服，实在勉强。

青海湖因承载了这样无解的秘密，而愈加增添了神话色彩。三百年来，每到仓央嘉措失踪的这一天，环湖的藏胞都要向湖中抛撒食物，以此作为祭奠。

碧海青天夜夜心。深蓝浅碧的青海湖水日夜吟唱，从无止息。其实，站在这片碧水长天之间，我是愿意相信仓央嘉措 “亡逝于此”的说法的。愿意相信他的此生，就此融进了这浩渺无边的青色海洋，化身成为了一尾自由游弋的鱼，在斑斓的湖底世界，与珊瑚树，与盐石礁，与美丽的人鱼姑娘为伍，岁岁年年守护着青海湖的日升月落，护佑着整个草原民族的人丁生息，牛羊繁衍，世世代代，平平安安。

仓央嘉措的一生真的终结于此吗？湖水不言。

而读到《秘传》，我相信，他一生的传奇，才刚刚开始。

使命

翻越日月山的时候，遭遇了突如其来的一阵雨。

雨自湛蓝的晴空毫无预兆地洒落下来，一颗一颗滚圆晶亮，泼珠溅玉。不像是落雨，倒像是突然起了玩心的调皮孩子，藏在路边花丛里撒了一大把珠子，然后嘻嘻哈哈哈地跑远了，还没反应过来的行人一抬头，望见天空依然无一丝云彩。只有路边低头含笑的金黄菜花明白就里，轻轻摇落满身晶亮的水珠，眼瞅着莫名其妙的路人，却不说话。

极目远望，延绵不绝的祁连山脉守护着草原，守护着日月山千年不曾开口的秘密。

翻过这道山口，前路漫漫，就是吐蕃的领地了。田畴阡陌留在身后，茫茫草原在眼前铺开，一千四百年的时光不过一回头，摔碎了长安的铜镜。

一场突如其来的雨，淋湿了文成公主鎏金的披肩，也淋湿了几个月来渐渐干涸的思念。长安临别的一幕，又扯心扯肝地疼痛起来。晨曦迷离，长安城门外已经聚集了上千送别的人们，此一去万水千山，此一去离别经年，今生今世，长安的山水还能够再见吗？父母鬓边的白发已生，下一次为他们拔掉一根白发，又要等到何年何月了？朝阳初升，身负和亲重任的文成公主眼睛里没有眼泪，所有的泪水，昨夜在爹娘的膝前已经流尽了。太宗皇帝和皇后亲自送行，迎亲的车驾就在身后，遥远的吐蕃，有传说中的草原英雄夫婿，一定要笑着上路。

翻过日月山，松赞干布亲迎的队伍就不远了。一路护送的唐使就要返回，文成公主的心里突然也下了一场雨。从此以后，再也看不到长安的风月，日日陪伴自己的就是大漠的朔风了。那传说里英武神骏如天马的吐蕃王，是否懂得怜惜这花朵一般的长安女子？他的心，是不是也和草原大漠一般粗粝？他有信仰吗？是否也和自己一样，相信万水千山的相遇本是佛前注定的因缘？

雨过天晴，霞光万丈照耀着眼前青青草原。千般思量，万种柔情，一时间俱都放下吧。文成公主吩咐侍从打开随身的包裹，取出从长安一路带在身边的铜镜，和层层丝绸包裹的佛祖释迦牟尼十二岁等身像。此去和亲，她深知自己从众多的宗室女子中被千挑万选出来，已经不仅仅是作为平息战争的工具，更肩负着传播汉藏文化的重任。

拂去铜镜上的尘埃，她要在镜中最后一次回望长安。那里，母亲正为她挽起如云青丝，父亲额上的皱纹更深了。小轩窗外，太宗皇帝的使者手捧公主的冠冕、珍珠、宝物，还有将要带往西域的各种农作物种子，等候在明殿。

泪水最后一次模糊了双眼，一挥手，铜镜掉落，碎为两半，一半如日，一半如月。最后一行思乡的泪水落进脚下草丛，化为一泓浅浅的倒淌河。就让这浅浅的泪水河流向长安，留在长安吧，从今以往，就要以知书识礼的大唐公主的尊贵，在遥远的草原，恢弘父兄的功业，担负起汉藏一家的使命了。

抖落肩上的雨珠，站在日月山浅浅的山岗上，心驰神往。就在这里，和亲的队伍一再地停驻，文成公主的马车远去了，七十年后，金城公主的马车辚辚走过来了。一代

又一代和亲的公主，翻过这道低缓的山脊，沿着祁连山脉，将和平与文明的种子播撒在草原深处。这些美丽的女子，稚弱的双肩，担负着帝国的尊严与荣耀，担负着民族融合的使命，消弭兵戈，传播文化。一年年的战火远去了，累累枯冢白骨，没有人再记得那些硝烟，而作为和平使者的她们的名字，至今如芬芳的花朵，摇曳在草原大漠。

文成公主携带入吐蕃的释迦牟尼十二岁等身像，至今供奉在拉萨大昭寺的圣殿。在小昭寺，还供奉着尼泊尔尺尊公主和亲时带去的释迦牟尼八岁等身像。这两位笃信佛教的公主，先后从尼泊尔和大唐下嫁吐蕃王松赞干布，也先后将传播佛教的使命带入吐蕃。在她们的熏陶下，松赞干布这个草原英雄转变成为一位虔诚的佛教徒，开启了佛法在西藏传播的光辉历程。

菩提

五月的湟中草原，刚刚从冰冻的沉睡中苏醒，油菜花的金色刚刚露头，零星而胆怯地试探着阳光的温度。只有早植的品种东一片西一块地开着，尚未形成气候，看不到大片黄色花海在微风里荡漾的壮观。

塔尔寺所在的山坳，也叫作莲花。我喜欢这生长在江南水乡的植物，在青藏高原的群山之中，一再出现，赠予高山深壑以温柔的名字。

塔尔寺的僧侣似乎都很闲散，寺中随处可见坐着发呆、晒太阳或四处闲逛的年轻僧人，他们大多身材高大，脸庞轮廓分明，神情舒展，姿态安详。置身其中，感觉自己长年习惯蹙紧的眉心在一点一点地放松，心脏也像微风拂过荷塘，莲花在一瓣一瓣地打开……

在一处殿门前，见到一株枝繁叶茂的树，层层叠叠纷披着与桂树相似的细

长叶片，庞大的树冠伏在一段低矮的门楼上，在殿门上方撑开大片浓荫，饱满的汁液气息弥漫在空气里，有奇异的新茶清香，与寺中袅袅的檀香气味在空气里温柔地缱绻交缠。

年轻的僧人告诉我，这就是菩提树。

这就是宗喀巴大师出生时脐带滴血而生的那棵白旃檀树吗？传说彼时树上的十万片叶子，每片上自然显现出一尊狮子吼佛像。塔尔寺在藏语中意为“十万狮子吼佛像的弥勒寺”，即由此而来。藏传佛教信徒磕十万个等身长头也由此而来，含义为向每一尊狮子吼佛像行礼请求加持。

宗喀巴少时即得上师敦珠仁钦引领、教导，接受密宗灌顶，七岁受沙弥戒，跟随上师潜心修习佛法。十六岁辞别恩师前往西藏进一步深造，之后六载在藏地游历，遍访名师修习显密经论，经年不归。他的母亲因思念成疾，让人捎去一束白发和一封信，望他回家一晤。宗喀巴接信后，为坚定修行意念决意不归，回信对母亲和姐姐说，若能在他出生之地以十万狮子吼佛像和菩提树为胎藏修建一座佛塔，就如同亲眼见到他无异。母亲和姐姐便以这棵菩提树为核心，建成了莲聚塔。此时是明朝洪武年间。

约莫两百年之后，高僧仁青宗哲坚赞在莲聚塔左侧建成弥勒佛殿，始成就塔尔寺雏形。又过了若干年，三世达赖索南嘉措自青海前往蒙古弘法，途经此地时，在塔尔寺雏形的基础上进行了大规模扩展和建设。到清代时，塔尔寺已建成了拥有千余院落、四千多间殿宇僧舍的宏伟大寺，成为天下闻名的黄教中心和藏传佛教圣地，香火鼎盛，加之历代帝王赏赐供奉甚丰，寺中奇珍异宝，富可敌国。

自此，这里被格鲁派教徒尊为黄教发祥之地。宗喀巴脐带血长出的这株白旃檀树，亦被称作菩提树，从此成为藏地佛教圣树。

第一棵菩提树长在哪里?

公元前六世纪，古老的印度王国，二十九岁的净饭国王子乔达摩·悉达多，抛弃所有富贵荣华，缁衣芒鞋走遍万水千山，苦求生死奥义，终不可得。六年后，衣衫褴褛、精疲力竭的苦行者来到伽耶地，在一棵毕钵罗树下静坐冥思，发誓如果还不能解开心中疑义，便再也不起身。

七日七夜后，一个月明星稀的夜晚，青玉一般温润的月光自树荫流泻下来，无限温柔地拥抱着这枯木一般凝然不动的沉思者。沐浴在这圣洁的光辉里，悉达多王子突然之间如醍醐灌顶，豁然开悟。六年来踏破芒鞋无觅处的答案，如融融月色，明明白白地写在了眼前。月光落在他的眼睛里，优昙钵罗花种在他的血脉中，形销骨立而目光炯炯的悉达多王子从树下起身，沐浴更衣。自此脱胎换骨，立地成佛。

那一棵陪伴佛祖七日七夜冥思苦想的毕钵罗树，便是第一棵菩提树。

我站在塔尔寺的菩提树下，闻到了前世的魂魄之香。

传奇

我停留在西宁——这个西北高原小城——短暂的春天。白天搭乘当地的交通车四处行走，夜里回到军区招待所昏黄的灯下翻阅蒙古僧人阿旺伦珠达吉的《六世达赖喇嘛秘传》。

仓央嘉措在青海留下的足迹，见于史料的不多。然而我总有种强烈的第六感，觉得在这片土地上，他一定留下来了一些什么，它会在某一个时刻呈现，指引我找到那个谜底。

次第行至东如措纳时，皇帝诏谕严厉，众人闻旨，惶恐已极。担心性命难保，无有良策以对。于是异口同声对我恳求道："您已获自主，能现仙逝状或将形体隐去。若不如此，则我等势必被斩首。"求告再三。

仓央嘉措"无限悲伤，话别之后，遽然上路，朝东南方向而去"。

《六世达赖喇嘛秘传》作者阿旺伦珠达吉自称是随侍在隐迹的仓央嘉措身边多年的入室弟子，蒙古阿拉善地区颇有声望的活佛，阿拉善贵族之后，据说为第巴桑结嘉措转世灵童，两岁即与仓央嘉措相遇，彼此有极深的渊源。其世系至今在阿拉善已传续六世。书中事件，大多以仓央嘉措第一人称讲述，诸多情节与汉藏蒙多地史迹、民间传说相互印证。但历来研究者对《秘传》均不予以重视，在如此鲜活的证据面前，齐刷刷地沉默，假装视而不见，在并无其他史料可解开仓央嘉措生死之谜的情况下，这种一致的忽略其实是一件很奇怪的事。

然而，也因为《秘传》的讲述过于神奇，真伪难辨，因而，仓央嘉措的生死之谜，并未因《秘传》的出现而解开，反倒因此更加扑朔迷离。秘传本身和讲述者的真伪，如同在迷宫之中制造迷宫，试图依托此迷宫走出彼迷宫，如何能够？

其实，仓央嘉措终结在青海湖畔的行踪，是死亡，还是遁去，或者如同秘传所讲述，是因为康熙降旨责怪使者，仓央嘉措为使者苦求，于风雪夜中远走他乡，都并无不同。无论是哪一种情形，总之，他二十五岁之前的人生，是在此画上句号了。而无论他的肉身是否消亡，在此之后都是再生。灵魂不灭，无论他此后是活在哪一具躯体中，有着怎样的皮相，哪怕只是寄身于山石草木、风云雨露，无论他留下的只是早年的情歌，还是《秘传》中泽被众生的善行，都不过只有形式的不同。如果他的肉身死在了二十五岁，那么其实他也永远活在了二十五岁。如果他的肉身并没有在青海湖死去，那也并不意味着《秘传》所讲述的仓央嘉措就是他。

连他自己也说过：

对于无常和死，
若不常常去想。
纵有盖世聪明，
实际和傻子一样。

二十五岁之后，无论他以怎样的形式继续他的故事，此时的他都已经不是二十五之前的仓央嘉措。

但活在仓央嘉措这个名字和躯体背后的灵魂，不会消失，他的传奇在继续，在布达拉宫的晨钟暮鼓里，在十万信徒的等身长头中，在拉萨街头依然传唱的情歌里，在浪子宕桑汪波的传说中，在青藏高原袅袅升起的桑烟里，在三百年来前赴后继的追寻者当中。

追随

在青藏线上，遇见一对风尘仆仆的藏家兄弟。他们拿着一张照片，逢人就问：“看见多吉拉姆了吗？”

多吉拉姆是他们最小的妹妹，一年多以前从修行的小木屋走失，有人说她来了青海湖。兄弟俩沿着拉姆走失的方向，从康区走过甘肃，走到青海，走得又黑又瘦，比他们的年纪老去了十岁。没有人知道他们的妹妹在哪里。

他们年轻任性的妹妹多吉拉姆，聪明美丽的妹妹多吉拉姆，歌声如山泉水一样清冷的妹妹多吉拉姆，是全家人最宠爱的孩子，也是全家唯一读过几年书的孩子。十五岁时，多吉拉姆迷恋上仓央嘉措的情歌，迷恋上隐藏在情歌里面多情伤感的身影。从此，那遥远的圣地布达拉宫，便成为她心心念念的向往，和日日夜夜的纠结。十六岁那一年，在她的人生中，第一次见到穿红色袈裟的僧侣，这惊鸿一瞥，使她浑身战栗，目不暂移。十七岁时，在哥哥筹备婚礼的日子里，她独自离家出走，在喇荣剃度为尼。

三年后的一个夜晚，拉姆突然从喇荣的小木屋走失，连一件换洗的衣服也没有带走。与她一同失踪的，还有和她同住一屋的十九岁的央金。附近小木屋的香客说，那个傍晚，看见两个年轻的觉姆从西山下到山谷，向着公路的方向飞快地奔跑。

六个月后，筋疲力尽的央金回到家乡，告诉多吉拉姆的家人，那个漆黑的夜晚，她们在无法辨认道路的山谷中无数次被绊倒，又爬起来，流着眼泪，互相安慰，互相搀扶，沿着公路向色达方向走去。她们从公路穿入金马草原，在已经衰败的野草花丛中卷缩成一团，在湿漉漉的草地上睡去。进入色达县城时，她们已经消瘦了一圈，眼窝深陷，颧骨高耸。拉姆用身上仅有的一点钱买了路上必须的生活用品。前路漫长，她们要从色达走到青海湖，再从格尔木去往拉萨。

绕转圣湖青海湖，是多吉拉姆此生心愿之一。深藏着六世达赖失踪之谜的圣湖，多少年来，它的水声日日夜夜地回荡在她的睡梦之中，像前世的召唤，无时无刻不在提醒着她，有生之年，一定要去到它的身边，倾听它为她珍藏着的秘密。

她们一路走，一路积攒路费。有时帮人家念《大藏经》，有时也接受好心人的施舍。在路边架起铝锅煮糌粑，就着凉水啃又冷又硬的烙饼。夜里睡在最简陋最便宜的旅舍，有时甚至就在人家屋檐下相拥着过一夜。生病了，发烧了，吃一片止痛片，嚼一把草药，一个搀扶着一个，继续往前走。就这样，她们走过一个又一个小镇，穿过荒无人烟的草原，三个月后，终于走到了青海湖边。

在青海湖畔，她们到远处拾取牛粪，用湖水冲刷的鹅卵石搭建炉灶，架上平底铝锅，在岸边烧茶，休息。夜里，她们撑起小小的帐篷，两个人蜷缩成一团，紧紧地抱住彼此的身体，相拥着取暖，唱着歌抵御夜里刺骨的寒冷。每天早上醒来，看着草叶上结满的白霜，看着冻得乌青的嘴唇和手指，抢着迎接草原上的第一缕霞光。她们沿着圣湖一遍又一遍地走，忘记了日子，忘记了年月，忘记了故乡，也忘记了喇荣的小木屋。似乎此生此世，除了绕转圣湖，打坐在湛蓝青碧的湖水之畔，用心念诵经文，再也没有什么需要去做的事了。

有时，由于寒冷，她们无法入睡。夜深人静之时，她们起来，在月光下行走。她们倾听着大地上唯一的声音：她们的脚步和徐徐而来的拍击心岸的潮水之声。

有时，她们平躺在大地上，望向夜空。她们和背下的土地只隔了一层薄衣。星空浩瀚，如同她们身边的巨湖。它们在宇宙深处向她们闪光，她们听到星球向她们发出的呼唤，看见它们发出的长短不一的信号。它们过于壮丽、深邃、神秘，她们处于惊愕无语与无分别中。这一刻无限延长，她们的心，如同湖水，赤裸裸地反映着星空。

她们背枕湖水，终于在水声中入睡。在她们的梦中，有一个黑色的身影从湖中冉冉升起，轻踏湖面，向她们走来。

有时，躺在露气初降的草地上，两个人仰望着头顶深蓝浩瀚的星空，听着耳畔青海湖水一浪一浪涌上沙滩，拉姆的眼睛里会闪烁着远天星子一样的蓝色光芒。她紧紧地抱着央金，梦呓一样地诉说：“我知道我的前生一定也来过这里，一草一木，都是我记忆中的样子。水声温柔，和我梦中听到的一模一样。它们等着我，也许等了几十年，也许是几百年，也许上千年，谁知道呢。谁知道今天离开圣湖，又要几生几世之后，以什么样的容颜，或者形态，我们又会回到这里。那时，我还能听见我今天听见的声音，看见我今天看见的湖水的颜色吗？”

瘦弱的央金病倒了，在青海湖畔，她再也无法陪伴拉姆一遍又一遍地绕转圣湖。她躺在帐篷里发烧，说梦话，梦见家乡的山梁，梦见小哥哥站在山梁上喊她回家，梦见妈妈的眼睛哭瞎了。高烧中的央金抱着拉姆大哭："我走不动了，我要回家。我们回家吧。"

拉姆将瘦骨嶙峋的央金一直送到共和，搭上过路的车，然后返程上路。她要独自一人继续走完剩下的路，翻过遥远的唐古拉山脉，去往日思夜想的拉萨，朝拜魂牵梦系的布达拉宫，亲吻红山脚下的泥土。

拉姆的小哥哥听完央金的话就哭了，他们亲爱的妹妹，这一路千山万水，凶险莫测，不知道还要受多少苦呢。他们要去把她找回来，回到温暖的家。兄弟俩一商量，立刻就上路了。他们沿着央金讲述的路线，一路走，一路打听妹妹的消息。他们带着拉姆出家前的照片，逢人就问。有人说，曾经看见照片上的觉姆，和另一个更加瘦弱的觉姆，睡在杂货铺子的屋檐下。也有人说，照片上的觉姆曾经向自己讨过水喝，不过她的样子跟照片上的样子已经差别太大了，脸上完全没有了红润的血色，只有黧黑皮肤上大大的眼睛还和照片上一样炯炯有神。

兄弟俩走了三个月，还是没有多吉拉姆的消息。他们亲爱的妹妹，一定已经独自翻过了海拔五千多米的念青唐古拉山口，风尘仆仆走在前往拉萨朝圣的路上了。

我看见照片里十七岁的拉姆，留着辫子，眉清目秀，但是神情相当成熟冷静，完全没有普通十七岁女孩子的羞涩妩媚。我似乎看得见拉姆的内心，正在生长出一颗藤蔓缠绕的大树，一颗慧根深种的枝繁叶茂的菩提。菩提树下，一泓清澈透底的流泉，汩汩不息，似乎有着溶化金石的热度，却又如此清明无碍，映照着蓝的天、白的云、金色的佛殿、红色的僧袍，炫丽鎏金，华美如同传说中的西天圣境。

天眼

仓央嘉措离开青海，独自前行。途中遇大风暴，遮天蔽日，迷失方向，无法移动半步。忽见风暴中有火光闪烁，仔细一看，却原来是一位牧人打扮的妇人在前面引路，仓央嘉措遂跟随她前行，直到黎明时分，那妇人化为一道白光悄然隐去，风暴也停息下来，茫茫大地，只剩下了无垠的黄沙烟尘。原来，那妇人便是哈姆神——吉祥天母，专程现身前来引他脱险的。

《秘传》的讲述，渐渐有了许多灵异色彩。因而很多人据此质疑它的真伪。

世俗人类习惯以自身有限的经验对所见所闻进行简单而粗暴的判断，否定眼睛能够看到之外的事物。我们自小所受的教育将人心拘囿在一个安全的、可供掌控的围栏之内，否定人心乃至仅仅目力所及范畴之外的领域和事物，并世代沿用这种简单的判断来分辨真与伪。

这样一种年深日久的生理和心理囚禁，让大多数人类长久生活在自以为真的幻觉之内，而毫无自知。

佛陀在初转法轮时即已指出，我们在轮回中的一切痛苦，都是源自无明。

上师教导我们说，我们没有能力善用真正的自由，只因无法免除自己的傲慢、贪求、期待与恐惧。如同台湾诗人周梦蝶的疑问：

> 谁是心里藏着镜子的人呢？
> 谁肯赤着脚踏过他的一生？
> 所有的眼都给眼蒙住了。
> 谁能于雪中取火，
> 且铸火为雪？

当年悉达多在毕钵罗树下冥思，魔王魔罗派了五个最美貌的女儿去诱惑他，但当她们一靠近禅定之中的悉达多，美貌便开始消失，变得干瘪老迈，身上长出肉疣，皮肤发出恶臭。魔罗又召集了军队全力攻击悉达多，飞蝗般的箭镞射向悉达多。这些射向悉达多的箭弩，有欲望之箭、懈惰之箭、傲慢之箭、自大之箭、沉溺之箭，被任何一只射中，都将沉入万劫不复的深渊。这些涂满蜜糖的箭弩，是人类无法抵挡的诱惑。然而所有射向悉达多的箭弩，都在接近他的一瞬间化为漫天花雨。

那些箭弩，其实都是来自人内心的黑暗，只有依靠真正的智慧才能够抵挡。

有时会想起，天眼很可能也是人类众多用进废退的器官之一，在漫长的进化过程中，因为我们的无明，而渐渐退化、沉睡，只在极少数真正拥有智慧的

人身上依然醒着。这些拥有天眼的人类，因此成为高出于庸碌人群之上的寥寥星辰，怀着巨大的悲悯，试图拯救这些浑浑噩噩蝼蚁一般忙碌的人群。

这与佛家力求证悟的寂静之境应是一致的，心进入一个完全自由的境界，在完全没有控制、没有对抗、没有时间与空间束缚的世界里，人再也不受来自具体的肉体器官的制约，不受有限的视野的障碍，不受任何思维模式的局限，实现修持者所说的全观，能够看到凭借习惯经验无法看见的完全的真相。

这是不是也就是天眼？

佛陀的本义，就是觉悟者。是察知到无明的真相，并摆脱了无明、打开了天眼的智者。那一天，青海湖畔的仓央嘉措，是不是就是和那一夜菩提树下的悉达多一样，打开了天眼，看到了永远也无法用文字描述出来的至乐世界？

那该是一个什么样的世界？鲜花遍地？众蝶翩跹？微风轻柔地抚摸湖泊深处的战栗，星子和月光在湖面舞蹈？就像伍佰用歌声描述的挪威森林：那里湖面总是澄清，那里空气充满宁静，雪白明月照着大地，藏着你最深处的秘密……我知道，这些有限的经验永远无法真正描述他看到的景象，那是穷尽人类所有文字和想象力也无法抵达的圣境。

那么，这也就是涅槃吧。

从此，仓央嘉措开始了他的另一段人生，行踪遍及整个青藏高原，并周游印度、尼泊尔、西康、蒙古各地弘法，真正履行救世度人的活佛使命。

先驱

高贵的终归衰微，聚集的终于离分，积攒的终会枯竭。

长途跋涉，辛苦疲惫，脚掌很快就磨起了水泡，加之饥渴冻饿轮番考验，初踏苦行之路的仓央嘉措，心中仍免不了时有悲苦自怜之念。转而又想到如今能够脱离羁绊，获得向往已久的自由，作为一个遁世者，了无牵挂地云游四方，追寻圣谛，修行禅定，这岂非正是三宝的慈悲？心中又生出无限欢喜。就这样一路忽悲忽喜，迤逦行来，有时和朝圣的信徒同行，有时混迹贩夫走卒之中，喝脏水，住岩洞，和人换穿秽气熏人的衣服，经历种种前所未闻的遭遇，自青海辗转四川，盘桓峨眉，游历康定，向阿坝藏区行去。

两年后的七月，终于走到临近康区一个叫作道尔格的地方，那里地广人稀，树木蓊郁，遍地野花野果，简直就是人间乐土。可惜的是，当时康藏地区瘟疫流行，死了很多人，不少村落阒无人迹。在这场灾难里，仓央嘉措也未能幸免，染上了天花，头脸、全身都肿胀起来，长满恶疮，剧痛难忍，再难移动半步，奄奄一息倒卧在一棵葡萄树下。被烈日、寒冷、饥饿、伤痛轮番折磨，时而昏迷，时而醒转。

也不知道过了多少日日夜夜，后来全身的水痘又都溃烂化脓，将衣服鞋袜粘连在一起，引来无数蚊虫叮咬，种种苦楚折磨，难以尽数。这样挨过了二十多天，总算疮毒将尽，身体渐渐恢复，神智也渐渐清明。但是因为饿得太久，头昏眼花，已经完全没有力气站得起来，不由得心中暗叹，这回纵然病不死，也得饿死！

就在此时，突然有一只大乌鸦叼来一块兽肉，扔在他脚边。他惊喜交集，吃下少许兽肉，总算恢复了一些体力，于是拄着一根树枝蹒跚前行，希望尽快找到一个有人家的村落，但终究因为太虚弱，走了一小段路就累得不行了。这时看见路边树上结着红果子，就摘下充饥，没想到这果子乃是剧毒之物，不多会就腹中绞痛，疼得死去活来。总算他命不该绝，受尽种种折磨，还剩了一口气在。

此后多年流浪途中，风餐露宿，被恶犬撕咬，被人魃追赶，被诈尸惊扰，被人误会打过耳光，为人赶过马车，背过尸体，当过乞丐，忍受过种种非人的折磨。而无论在怎样的困境，面临怎样的劫数，都已无复早年的自艾自怜。

在走下布达拉宫徒具形式的王座之后，在荒郊旷野，在苦难深重的底层民众之中，真正的使命感开始在他的身上复苏。信仰，总在最贫瘠也最丰饶的土地上开花结果。

和许多人一样，我也曾疑惑，阿拉善草原上，传说中那个为众生而苦行苦修的尊者，与布达拉王宫里、传唱的情歌背后的仓央嘉措，怎么可能是一个人呢？

读完《秘传》，似乎找到了答案。高僧也罢，浪子也罢，跳跃在其中的，其实都是同一颗心脏，为自由、为信仰、为众生，理想与信念的内核其实从无改换，无论它们是以怎样的面目出现。只是俗世的眼光，一叶障目，怎么能够看得清楚？

当年，高居布达拉宫活佛宝座上的仓央嘉措，貌似放浪形骸的言行所抗争的，并非佛法教义，更绝非自小尊崇的信仰，而是派系林立下信仰的变异和徒具形式，和以信仰为借口的肮脏龌龊的政治斗争。

纯净的信仰力量，根植在民间。这一点，是他走出布达拉宫，走入那些歌者之中，便已经开始领悟到了的。虽然当时，他尚青春年少，但慧根早已深种，高出流辈何止万千。誓死捍卫人的自由、尊严与真正的内心信仰，绝不肯向愚人的政治权利低下骄傲的头颅。这恐怕正是当年，面对千夫所指，仓央嘉措对自己的交代和决定。这孤独的年轻人，选择了那样激烈的惊世骇俗的方式，只是因为在那时的他看来，唯有猛药，才能救世，愚昧的追随者才会有所醒悟。

而此后流落民间，双脚踩在坚实的土地上，信仰的力量有了沉静和雄厚的根基，逐渐抵消掉形式上的叛逆和浮躁，于是，一个众人眼中德行一致的高僧诞生了。

昨日种种昨日死。仓央嘉措自己也曾说过，我的过去如同梦境，全似幻象。既然如此，除了一心为教法众生谋利，岂有他求?

“天将降大任于斯人也，必先苦其心志，劳其筋骨，饿其体肤，空乏其身，行拂乱其所为，所以动心忍性，增益其所不能。”自小，我们接受儒家文化的教导，对孟子的这段话耳熟能详，却未必能深知其意。只因我们大多数人都是懵懂的后知后觉者，且有着趋乐避苦的本能，即使上天有意砥砺，能够欣然承受使命并为信念坚持到底的，到底寥若晨星。

但在任何一种文化之中，洞悉智慧与使命的人们都是存在的。他们探索真理，追寻理想，承受大众的苦难，谋求众生的幸福，以人类的自由、和平、民主为终极信仰，在生死存亡的考验面前亦不畏惧停滞，不退缩自保，他们的血管里流淌着最光明洁净的红色液体，驱除干净了人性里一切黑暗与污浊。他们或存身于各种宗教之中，或辉耀世界人文和科学领域，或为当世唾骂嘲笑，或为后世景仰尊崇，更或者，他们从来都身处黑暗，独自跋涉，无人知晓，无人认同，亦不易其志。

他们和他们的追随者，有一个共同的名字：先驱。

三生

韩国天才导演金基德有一部电影《春夏秋冬又一春》。故事的背景，是古老传说的调子和画面：莽莽深山，漂浮在水中的古寺，似乎地已老，天已荒。而春夏秋冬，生生不息，老和尚一年年老去，小和尚一天天长大。宿命的轮盘，从来不会停止转动。

金基德讲了一个故事，一个关于原罪与救赎的寓言。

片子是金基德一贯的风格，吝啬到极致的对白，不动声色地撕开残忍和绝望。人性里的恶，人的无力自控，压抑与毁灭。唯一通往救赎的道路，如同那条唯一的船只，沉在水底，要如何才能涉过茫茫水域，回到那水中栖身的小庙？

春天，天真无邪的小和尚独自嬉戏在山间，把石头绑在小鱼和青蛙身上，塞进蛇的嘴里，看着它们痛苦挣扎而开心大笑。人之初，性本恶。人类残忍冷酷的天性在懵懂无知的童趣中触目惊心地呈现。

夏天，万物繁衍，大自然在小和尚眼里处处彰扬着情色，长大成人的小和尚被身体喷薄而出的欲望所控制，与来寺中小住的少女偷尝禁果，破了淫戒，并执意要逃离寂寞深山，身入万丈红尘。师父的教导，自小的修行，在情欲面前一败涂地。

秋天，落叶满川，中年小和尚畏罪潜逃回山。眼睛里燃烧的已经不是欲望、亢奋，而是疲惫、厌倦、惊恐。十年还俗，因爱生恨，杀妻潜逃。经历花花世界种种劫难，走投无路，彷徨无助之时，又回到师父这里试图寻求庇护。

年年岁岁，从春到秋，老和尚眼睁睁看着徒弟经历的这一切，无法阻止，无法规劝。因为，其实一切都不过是轮回重演，没有人能代替别人必然要走的弯路，必然要栽的跟头，必然要执着的妄念。在被警察带走之前，老和尚给予历经劫难而依然蒙昧的弟子的引领，是引他在庙前地上雕凿了一夜的般若心经，在这个过程中，渐渐去除他心中的恶念，而归于宁静平和。

冬天又来了，天地一片澄净，寺庙周围的水都结成了冰。服刑期满的小和尚再度回到山中，老和尚已经死去，渡船已沉没，寺庙已破败。昔日的小和尚已两鬓斑白，他所要做的一切，不过是在偿还自童年开始的宿罪，而又一个弃婴出现了，预示了又一个老和尚和小和尚的故事的开始。小和尚的生命轨迹，于此成为一个首尾完整的寓言。春夏秋冬又一春，时间无始无终，生命轮回不止。人类的原罪，永远存在，无法消除，无法漠视，唯一的救赎，来自时间，来自经历的伤口和脓疮溃烂之后真切的痛。只有这个，才能给了昏聩的人群以治疗和免疫的能力。

这个，其实就是佛教强调的自性般若。是佛的救赎赖以实现的路径。

老和尚、小和尚、弃婴，链接成一个前世、今生、后世三段式的完整的生命轮回模式，相互如镜，彼此鉴照，因果不爽。

读《秘传》的很多时候，想到这个貌似荒诞的寓言电影。《秘传》里的人生，于仓央嘉措来说，是前世，是今生，还是后世呢？

一七〇九年，流亡的第四年，仓央嘉措自理塘经巴塘，秘密回到拉萨。在哲蚌寺、色拉寺，与主寺上师相见，悲欣交集，闭门共修，佛学的造诣日益精进。又以香客身份游历朝拜拉萨各大寺庙，有时还会遭到执事僧的拦阻。所幸后来在扎索寺修习时，寺中主持慢慢察觉到他的身份，对他闭关修习给了极大的帮助，在一年的闭关期间，饮食供应如仪，且安排了专门的侍者负责。出关之后，去往山南桑耶、昌珠、墨脱等地巡游、朝拜，并在匝日神山的禅院得到噶举派高僧密宗鲁支二宗的灌顶及传授修炼吐纳运气之法，练习到了极高境界。

几年来的流亡途中，仓央嘉措一面勤苦修习，一面善用自己的法力，为众生祈福、加持，助困济弱，从无间断。在巴塘路上村庄，遇到一户遭遇瘟疫的人家，母亲已经死了，扔下两个危在旦夕的孩子。仓央嘉措为母亲超度，埋葬，为两个孩子生火煮饭，照料看护，直到孩子的舅父到来，才在一个夜里将所有吃食留下，悄悄离去。

一路上，也曾数度遇见当年熟识他的信众，为他的遭遇悲怆哭泣。他总是善加安抚，却从不回应从前身份，以免给别人增添麻烦和风险。此后毕生之中，每当有人问起，也总是回答，我自幼浪迹在外，年深日久，父母乡土都忘却了。

饶是如此，仓央嘉措的行踪还是被拉藏汗察觉了。一七一一年，拉藏汗的探子在达孜地区找到他，将他囚禁在当地一座山头上，并派兵把守，日夜巡逻。

看守他的两个地方官吏小头目，一个是与他相识的藏人，对他很恭敬；另一个是蒙人，就有些骄横了。仓央嘉措也不在意他们的态度，身陷囹圄，不惊不惧，日夜无间地只是打坐修持，与平日里毫无二致。一夜，正打坐间，忽然满室生辉，布满皎洁的月光，空中显出圣尊者的影像，既而门窗豁然洞开，原来是有大德菩萨显圣，来带引他脱离囚禁之地。他此时若走出去，自然易如反掌。但他居然不逃，反而大声叫醒那些酣睡的看守，你们是怎么看守的呀，门窗可是大敞大开着哪！那些看守人员爬起来，忙不迭地关门关窗，有的还一边哭一边说，刚才要走不早走了吗？

《秘传》的这段描写，有些神话色彩。圣尊显灵之说固然未必可信，但我想，当时的仓央嘉措要自行逃走，的确并非一桩难事。没有趁机逃脱，一来可能是不欲为难那些看守他的人，二来也因为对他来说，置身何地，在何种处境之下，其实并无大分别，照样可以修持练习，只要心中不存障碍，此时已无人可为之设下障碍。当然，他要脱身而去，其实随时可以脱身，因此也不着急。

在此停留半月之后，看押他的队伍接到拉藏汗旨意，于是令他骑上牦牛，由十二名监守押送去往拉萨。队伍走到果喀拉山口，忽遇红色大风沙袭击。风沙中有神女接应，引他翻过山口，脱离了羁押。于是想到，如今拉藏汗也知晓了，人们也极易生疑，还是远走高飞的好。于是日夜兼程，去往工布地区。

在工布，莲花生大士降伏罗刹女的所在，仓央嘉措一住数月，闭关修习、忏悔，心中渐生大安乐。

之后行迹愈远，三十岁这一年，仓央嘉措的双脚已踏上了尼泊尔的土地。

在加德满都瞻仰圣迹，并跟随尼泊尔国王和后妃百官前往印度朝圣。次年春天，抵达印度灵鹫宝山，释迦牟尼当年讲经之处。在这受佛祖和各方大德加持眷顾的圣地，修持一天，胜过藏地一年，仓央嘉措发心潜修无上大法，借住在当地僧舍，一待就是六个月。半年后，证悟大增，几臻于至境，见证了诸般奇迹。其中最具功德的是见到了印度每百年才出现一次的白象。

从印度回来后，仓央嘉措再次回到山南，穿过他的出生地门隅，到达塔布地区，在那里一住多时，并留下了许多行迹。至今当地人们还称其为塔布大师。

福地

浪迹天涯十年之后，仓央嘉措选择了内蒙古阿拉善旗朵买地区作为归止之地，在这里，逐步建立起了他弘佛济世的理想国。

传说，五世达赖曾做过一个梦，梦中见到布达拉宫中似有士兵出现，惊惶之中，仓促从后门逃出。光头跣足，翻过果拉山，向着北方茫然行去。梦醒后明确授记众人：有朝一日，这情景是会发生的。

六世达赖为五世活佛的转世之身，五世梦中所见，正是他后来翻越果拉山，去往北方蒙古阿拉善地区弘扬佛法，教化众生的前世授记。

一七一六年，三十四岁的仓央嘉措带着拉萨木鹿寺的十二位僧人，自拉萨，经青海，初入阿拉善。落脚在阿拉善旗贵族班自尔扎布台吉家中，这位班自尔扎布台吉，就是《秘传》作者阿旺仑珠达吉的父亲。此时阿旺仑珠达吉年方两岁，正在牙牙学语，还不能走路。仓央嘉措很喜欢他，抱在怀中玩耍，这孩子竟在他怀中撒了一泡尿。

这个孩子日后被确定为第巴桑结嘉措的转世灵童，说来与仓央嘉措大有渊源。第巴桑结嘉措是他又爱又恨的人，但终归还要算是他的恩师，而作为第巴转世灵童的阿旺仑珠达吉，日后成为了他的首座弟子，师徒情深，互为最知心的亲人。一七三五年，仓央嘉措还筹措白银万两，送阿旺仑珠达吉赴拉萨深造，拜五世班禅为师，修习显、密二法三年之久。阿旺仑珠达吉不负师望，潜心向学，终于在佛学造诣方面达到很高的成就，被封为额尔德尼诺门罕，继仓央嘉措之后成为阿拉善地区最为知名的黄教大喇嘛，在内外蒙古及西北地区佛教界均享有很高声望。

阿拉善地区远离拉萨，在前后藏势力范围之外，政治稳定，人民淳朴，正是一个描画理想蓝图的桃源。

这是一块得天独厚的土地，阿拉善的内蒙和硕特部与拉藏汗统治下的和硕特部向来不睦，特别是在拉藏汗逼走仓央嘉措，另立了传说是其私生子的伊喜嘉措为新达赖后，整个青藏高原的佛教徒都不肯承认，青海和硕特部甚至与宿敌准噶尔部联手对抗拉藏汗，拉藏汗自顾不暇，对阿拉善地区更是鞭长莫及。这是一块拉藏汗的权柄无法触及的土地，它的最高统治者第二代王爷阿宝战功卓著，被康熙选为额驸，并赐御前行走，深得康熙宠幸。在这里，仓央嘉措不必再担心身份泄露的麻烦，可以从容施展自己的才学与抱负，为众生谋求福祉。

而在草原牧民的传说中，仓央嘉措选择阿拉善作为弘扬佛法传播教义的福田，则完全得之于神启：

有一天，流亡中的仓央嘉措途径拉萨附近一个叫喇哈嘛的圣湖时，在湖边歇脚小憩。湖水碧蓝如镜，倒映着茫茫雪山和空中自由翱翔的神鹰。又冷又饿的仓央嘉措神思恍惚，往事浮现，历历在目：童年欢乐，少年荣华，青春流离，天涯浪迹，忍受种种艰辛，屡遭不测，而今有家难回，四方云游，如雪山圣湖之间盘旋的苍鹰一样孤独，不知去往何方。想到这里，仓央嘉措不禁心有所感，悲从中来。

就在此时，平静如镜的湖面突然之间微波轻漾，复归平静之后，原来的雪山不见了，湖面上出现了一幅栩栩如生的图画，画着一块山色秀美、碧野辽阔、祥云缭绕的土地。这画中所示现的，正是阿拉善草原。

在阿拉善，仓央嘉措这一落脚就是三十年。其间虽然也曾数度离开，但都很快回来。这里，成为了他的第二故乡，他离不开的精神源头，并最终成为了他的涅槃之地、埋骨之处。

至今，在阿拉善的草原、戈壁、荒漠，关于德顶格根活佛——六世达赖仓央嘉措的种种功德、圣迹，依然代代相传。

驯服

仓央嘉措来到阿拉善，且多次显露灵异圣迹，早有好事者报与阿拉善的最高统治者阿宝王爷。王爷对仓央嘉措的种种传奇也早有耳闻，遂立即打发当地有头有脸的长者，牵着王爷最心爱的坐骑白玉宝马去恭请他，并亲自率领大小官员和信徒在王宫迎候，以尊贵的礼节隆重迎接这从天而降的尊者。

这位阿宝王爷，与达赖其实颇有渊源。几年后，正是他受清廷委派，去往西康藏区理塘，护送清廷册封的第三个六世达赖，理塘灵童格桑嘉措到拉萨坐床，而格桑嘉措正是民间认定的六世达赖灵童，即七世达赖喇嘛。

阿宝王爷与仓央嘉措一见如故，相谈甚欢。豪爽好客的王爷一高兴，执意要将那匹白玉宝马送给仓央嘉措做行脚。仓央嘉措推辞不过，盛情难却，只好收下。

王爷恳请道："在我和格格的这块封地上，要请尊者您担任此地一切众生的上师，今生今世都不要再离开了。更要请您护佑我的儿子健康长寿。"

仓央嘉措既已确认以此为归宿地，这片土地上的一切众生，无论僧俗贵贱，已然全是自己心许的佛缘所在，阿拉善王爷的这番话正合了心意。遂慨然应允说："我既驻锡于此，自然要为这里的一切众生谋求今生后世的福报。保佑你家公子更是责无旁贷，王爷大可放心。"阿宝王爷大喜，立即吩咐洒扫庭除，为仓央嘉措备好一处精美帐篷。当夜，仓央嘉措即在此住下，各种铺设用度完备，无不整洁雅致。

就在这一年，兵变的消息从拉萨传来。日益失去人心的拉藏汗终于被准噶尔军队杀死，拉藏汗所立的六世达赖伊喜嘉措被囚于药王山寺内。西藏民间关于还六世达赖仓央嘉措失踪真相、确立六世达赖转世灵童格桑嘉措为新达赖的呼声越来越高。

此时的阿宝王爷，对这个化名为阿旺曲扎嘉措的高僧的真实身份和来历，其实已然有所察觉，碍于其钦犯身份，自然不宜说破。并且终其一生对个中隐情始终守口如瓶，只是暗中予以保护。仓央嘉措感念王爷眷顾，更是尽其所能，护佑着这片土地和人民，以此报答王爷恩情。

阿宝王爷如此看重、厚待仓央嘉措，王妃道格欣公主就有些不以为然了。这位王妃可不是等闲之辈，她是庄亲王博果铎的第三女，清王朝第一位下嫁阿拉善的和硕格格，自小在京城皇宫长大，娇生惯养，刁蛮任性。这样一个游方僧人，她可没放在眼里。

一天早晨，仓央嘉措正在打坐诵经，道格欣公主带着一班随从突然造访，大咧咧地在仓央嘉措对面七层绣垫上坐下，神色倨傲，盛气凌人地慢声说道："大伙儿都说你大喇嘛有两下子，可我也不能把这些话当成金科玉律呀！要是你今天能当着我的面显显神通法术，那我发誓甘当你的施主。要是你拿不出什么真本事呢，那这地儿像你一样老老小小的行脚僧一天到晚不知道有多少，有什么稀罕的！"

说罢，捧起一根长长的烟袋，旁若无人地抽起来，脸上挂着不屑一顾的笑。一旁地侍从们也互相使着眼色，等着看热闹。

仓央嘉措似乎什么也没看见，什么也没听见，仍然闭目诵经。这时，恰好一位僧人上来献茶。仓央嘉措接过杯子，也不说话，只把那长柄瓷杯如同揉稀泥一般，捏成了一个鸡蛋般的圆球，又用双手左右一扯，像抻面一样把圆球拉成了一尺左右的长条，然后再捏成个圆球扔到空中，那球倏地一下从帐篷上的一个窟窿飞出去又飞回来，落到仓央嘉措掌中。众人定睛一看，仍是好端端的一个长柄瓷杯，满满的一杯热茶，还冒着烟呢。

众人看得目瞪口呆。道格欣公主忙不迭地从坐垫上爬下来，双膝跪地，向仓央嘉措磕下头去，且一边哭着，一边把头上身上戴的珠宝首饰一股脑儿地捋下来，执意敬献给仓央嘉措。仓央嘉措有些哭笑不得，我一个行脚僧，要女人的饰物干什么！何况是你尊贵的公主的宝饰，更不能领受！此时已对仓央嘉措佩服得五体投地的格格，却说什么也不肯收回，不然就不肯起来。仓央嘉措无可奈何，也只好笑纳了。

仓央嘉措小小地显示神通，不过是要挫一下这位命妇的骄横之气。这位格格倒也是个性情中人，一旦服了气，从此以后竟是死心塌地地将仓央嘉措奉为上师，悉心照料其起居用度来，嘘寒问暖，无微不至。还用自己的发丝为仓央嘉措制作了一只顶髻，镶上各种珍宝，精美无匹。并与之相配，精心备齐了凡是高僧大德所应配备的一切衣冠服饰、日常用品，成为阿拉善地区无人能比的首席大施主。

那只格格青丝结成的顶髻和部分衣饰，因为信众的悉心保护，在"文革"中很幸运地并未遭到损毁，至今还好好地收藏在广宗寺。以至于后世人们在仓央嘉措遗物中，发现还有女人青丝，这也成为了他风流多情的证据。而事实上，这一信物寄托的乃是追随者无上的忠诚与景仰，与男欢女爱早已不搭界了。但草原上的人们也悄悄说，从此以后，阿宝王妃一生追随上师仓央嘉措，以最虔诚的弟子自居，须臾不离其左右，就连到京师觐见，也千方百计邀他同行。

沧桑

流亡初年，仓央嘉措曾到过汉传佛教圣地峨眉、五台等地朝拜，此后多年，一直对内地佛教圣地心向往之。来阿拉善的第二年中秋，适逢阿宝王妃道格欣公主回京觐见，邀他同行，遂欣然应允，带上几名弟子，与公主同赴京师，一面四处巡礼，瞻仰三宝，一面考察学习内地佛寺的建筑艺术。

阿宝王妃省亲，一住半年。仓央嘉措在什刹海阿拉善王府也一住半年，王妃每日前来问候，对上师礼仪周到，恭敬有加。王府上下，对这个神秘的游方僧人颇多猜疑。

这天夜半，一位神秘人物来到了仓央嘉措坐禅的房间。仓央嘉措丝毫没有吃惊，入夜前，早已吩咐弟子铺设好待客的褥垫。

神秘人挥手屏退所有随从，待房中仅剩他与仓央嘉措二人，这才低低开口道："你的来历底细，我都已了然，你也不必申辩。今晚我来此，是受人所托，来问你拿个主意，咱们就打开天窗说亮话吧。"

仓央嘉措微微颔首，也不搭腔。

那人继续说道："如今那边的形势，你也知道。只要你点个头，我就去启奏皇上，让你重登宝座。你要愿意留在京城呢，如今正好有个空缺，御前掌玺大法师刚刚圆寂，我去奏明圣上，应该也不成问题。"

那人一口气说完这番话，语气看似轻描淡写，脸上的神情却甚是焦躁，目光炯炯瞪视着仓央嘉措。

仓央嘉措这才合十一笑，朗声道："承蒙大人抬爱，这两件职事，实在太高，在下不过一个浪迹四方的行脚僧人，远离红尘，受不起这等显赫爵禄。"

神秘人脸上微露不悦之色，说道："只要皇上一道圣旨，不管上师你走到哪里，也不由得你不来吧？"

仓央嘉措闻言，语气也斩钉截铁强硬起来："皇上和殿下能召得了我的身，可召不到我的心！"

空气里骤然充满了火药味。此时神秘人却反倒展颜一笑，站起身来，弹冠振衣，恭恭敬敬地向仓央嘉措深施一礼，说出一番话来："上师为人刚直，出言无忌。往后可千万不要这样说话了。刚才咱们说的事情，你要果真不愿意，还是早点离开这里的好。"又从怀中摸出一卷经书和一只瓶子，递到仓央嘉措手中说，"这是德木呼图克图活佛吩咐代他奉献给阁下的，这位活佛不久前刚刚被贬到察隅，临行前嘱咐我说，我走之后，有一位法力高深的大德要来此，这就是仓央佛爷，你要暗中察访，并要保护好佛爷的安全。上师如果还要在此暂住，也尽量别在大白天走动，有机会的话，我再来拜望你。"

此后一个月，仓央嘉措遵嘱深居简出。这神秘人也曾多次深夜拜访，并秘密带来过多位王宫贵族、高僧大德，从仓央嘉措学习、探讨。

一天，王府来了一位太医院的侍从，说是大医师衮桑病重，听人说阿拉善王妃的师傅了得，特遣人来请。

那衮桑原是仓央嘉措旧识。此时已病入膏肓，形销骨立。竟连仓央嘉措的样子也不认得了。仓央嘉措不由得感伤，果然沧海桑田，如今连他也不认得我了！吩咐下人全部退出房间后，他大声道："衮桑医师，你不认识我了？"

衮桑原本有气无力地躺卧着，一听这话，竟挣扎着病体一骨碌爬了起来，直直地端详着仓央嘉措的脸好一会儿，突然又像砍断的树枝一样栽了下去，人事不省。待到醒转，拉着仓央嘉措的袍袖，涕泪交流："我怎么也想不到你变成了这个样子，还以为你真是来内地的途中仙逝了呢。这些年来我白日黑夜地为你祈祷，实在是悲伤思虑过度，才落下了这个心包积水的毛病。"

哭一阵，又道，"你现在这等处境，照凡夫俗子看来，还不如当初死了的好。"

可是圣人贤者的所作所为，又岂是凡夫俗子能参透的呢！仓央嘉措就这样陪着他，任他一会儿哭，一会儿笑，心中也是百感交集。

二人又说起前不久第巴桑结嘉措的子女家人被押解进京之事，不免再唏嘘相对。那一日天色将晚，仓央嘉措正夹杂在德胜门熙熙攘攘进城的人群中，忽然人群起了一阵骚动，一队高头大马的官差押着一串灰头土脑的人犯正要进城，挥着鞭子大声驱赶路人，仓央嘉措也被人流搡到了城门边上。

这样的场面，在京城已是司空见惯。仓央嘉措随着众人远远地退避到街边，等着押解的队伍过去。

犯人的队伍很长，老老少少，男男女女的，约莫有二三十人的样子。突然，仓央嘉措看到了一张熟悉的脸，与此同时，那双眼睛也看到了他。那正是第巴桑结嘉措最疼爱的小女儿，自小即与他熟识。一时之间，四道目光交汇在一起，说不出是震惊、诧异还是悲凉，往日布达拉宫种种情形不由得又浮上心来……泪水模糊了他的双眼。

再定睛看时，她的几位哥哥俱在其中，第巴桑结嘉措的妻儿老小无一幸免。

突然，远远的一条藏獒朝他飞奔过来，蹲在他面前，呜呜叫着，舔着他的衣角，眼睛里竟惊流露出无限欣喜。原来这条第巴家养的护院犬，也万里迢迢跟随他们来到了中土。仓央嘉措抚摩着藏獒的头，心中不免凄凉。十年来背井离乡，孑然一身，倒是这畜生有情有义，更深感这人世轮回之中的虚妄，富贵如云烟过眼。他乡遇故人，竟是这样的场景，而自己只能这样眼睁睁看着，什么也无法做，什么也无法说。

正思量间，一干人犯就要走过去了。走过他身边时，那女公子也已是泪水盈眶，却作不得声。匆遽之间，褪下手上指环，请旁边的人转递了过来。待仓央嘉措回过神来，马队荡起的烟尘已然散去，一行人已经去得远了。

神迹

藏传佛教的历史，因为一个叫仓央嘉措的名字，在蒙古草原神秘地拐了一道弯。在阿拉善，人们至今传诵着这位草原守护神的种种灵异神迹。

当年，从京城回到阿拉善后，仓央嘉措在赛科寺一带盘桓，与曲桑活佛以及赛科寺众僧建立了深厚佛缘。当时赛科寺子庙嘉格隆寺正好缺少一位寺主，曲桑活佛与嘉格隆寺的长老们坚请仓央嘉措担任，仓央嘉措一直不肯答允。

这一天，嘉格隆寺僧人又来再三恳请时，在仓央嘉措的视野里突然出现了嘉格隆大殿的景象，看到了大殿上栩栩如生的天女画像。一走神，对众人的请求随口就漫应了下来。回过神来，问道："我刚才说什么了？"

众人回答："上师刚才已经答应做我们的座主了。"

仓央嘉措遂问："你们的大殿上是不是有尊天女画像？她手里拿的是什

么？”

那些僧人一时答不上来，有人说：“大概是一根棍子。”

仓央嘉措笑道：“对自己依止的神像都不仔细瞻仰，如此胡说。哪里是什么棍子，分明是一把蝎子做柄的宝剑嘛！刚才我就是被那蝎子腿簌簌爬动所吸引，走了心神，所以顺口就答应了。既然如此，你们先回去，我仲秋上旬即动身去那里。”

嘉格隆寺僧人回去后仔细一察看，原来天女手中握着的真的是一柄镶着蝎子的长剑，对仓央嘉措越发佩服得五体投地。

有一年，劳乌西潘地方土司设宴款待仓央嘉措。席上，他突然走神，双眼望着空中，久坐不动，也不动筷子。那位土司不悦，问道：“上师何以对这些供奉全然不理，只管望着空中，莫非嫌这菜肴不合口味？”

仓央嘉措这才回过神来，说：“刚才我不得空。”

土司诧异：“刚才你没干什么呀？”

“刚才有一个卖烧饼的汉人掉进了久拉河里，被河水冲走，奄奄一息。我救了他一命，所以花费了不少时间。那个汉人为了报答救命之恩，硬要将一筐烧饼全送给我，我没接受。那汉人好说歹说，非要我领受，我只好接受半个烧饼。”

仓央嘉措说完，从怀中掏出半个烧饼给众人看。

土司和从人们听了这番话，惊讶万分，半信半疑，立即派了几个随从到久拉河边去打探。果然看见一个汉族后生在河畔晾晒打湿的衣服和一筐烧饼。一问情由，和仓央嘉措说的分毫不差。随从们更加惊讶，将那人和筐子都带到了宴席上。那人一看到仓央嘉措，立即拜服在地，再三感谢他的救命之恩。仓央嘉措从怀中摸出的那块烧饼和那筐中另外的半个烧饼也正好合成一个。

众人无不称奇，从此以后，以土司为首的当地僧众，不分贵贱老幼，都成为了仓央嘉措坚定不移的信徒。

类似的显示神通的事情，《秘传》的记载还有很多，诸如将手足、全身印记留在石头上，以神通力渡江，化身成乌鸦指引有缘人逃脱追杀……它的讲述者阿旺伦珠达吉以不容置疑的语气，骄傲地讲述着恩师的种种神通和法力，语气一如当年少年朋友潘向我讲述阿拉善草原，和格桑花一样开满草原的美丽传说，仓央嘉措的传说。

也许写作《秘传》时的旺伦珠达吉自己也意识到了这些故事的真实性，必将令《秘传》本身的真实性也要受到质疑，尤其是年深日久众口相传之后，这些事迹将更加真伪难辨。于是在《秘传》的讲述中，他特意列举出了很多当世高僧大德的亲历亲见作为佐证。并且还对自己的这些讲述特别加以了郑重说明：尊者到朵买地区后，为了佛法及生灵，比任何一位圣者施展出来的神通都多。类似的事迹，虽然也可以不写，但对那些对圣僧大德的本生传记不存任何邪见的人们而言，没有任何事情需要保密。

同时，阿旺伦珠达吉还以佛祖为例，举出佛祖为了度化庸常的众生，也曾经显示过五百种清净法相及五百种不清净法相的变化来收复人心。

这一切，都是为了证明恩师仓央嘉措施展的诸多神通，绝非炫耀，完全是出于对一切众生的慈悲菩提心，为了弘扬佛法、造福生灵，是针对不同的救度对象，采用不同的方法加以调服。连经书上也说，凡夫俗子一见神变法术立即折服。说到底，还是因为众生愚昧，囿于有限的觉知，天眼未开，只肯相信神通法力的表象，所以要引领他们进入不可思议的境界，领略佛法的至深奥妙，首先还得要他们信服和跟随。这些神通的显示，于高僧大德们来说不过微末技艺，仅仅只是一个为众生打开心门的工具罢了。

其实，神通的存在也不足为奇，想一想，一些普通人修炼气功尚且可能出现看起来不可思议的神通，一位得道高僧具此功能又有什么难以置信的呢？

尽管如此，《秘传》的讲述仍然扑朔迷离。二百五十年过去了，它所提供的证据始终没有引起重视，更没有得到承认。连同它本身的真伪，也一直为人质疑。它虽提供了许多具体的见证者，然而这些见证者也都已经湮没在历史深处，成为需要被后来者鉴证的历史。而这些见证者的见证者，同样需要有人对他们的存在和作为见证者的真实性提供证据。正如同后世学者所说，这其实是一个环环相扣、永无止息的游戏，每一个环节上都充满质疑，任何一个断点都将使游戏难以为继，戛然终结。正因如此，历史的真实面目总是云遮雾罩，回溯时间的旅途如此幽深神秘，我们总试图找到那唯一的一把打开过去之门的钥匙，纸页上的叙述无疑给了我们这样的错觉和希冀，我们坚信那些坚实饱满的文字，按照确定的密码排列，就一定能够天衣无缝地组合成一把打开那道沉重锈蚀的厚重铁门的钥匙，我们因之对史料、书籍充满感激和依赖。

但是，无论呈现在纸页之上的记载多么丰富，并且信誓旦旦，确凿无疑，也无法与流逝的时间形成完全的对应关系。因为，无论多么卷帙浩繁的史册，在时间长河里也仅仅只是只言片语，它们充其量只是时间河流中的一星浮沫或者沉渣，而永远无法还原、更不可能成为时间本身。

然而，正如我从不怀疑猫的眼睛能够在黑暗中视物一样，我从不怀疑超出普通人类理解力之外的智慧和神通的真实存在。我深信，那些我们永生也无法抵达之处，一定有一些特别的物类能够以无上的智慧抵达。

催眠

我看见阿旺伦珠达吉关于仓央嘉措长相的描述，即使到了六十多岁，也依然容颜俊美，光彩照人。即使鹑衣百结混迹于乞丐之中，也很容易就被辨认了出来。这不仅仅因为他超凡脱俗的容貌，还因为他的身体能够散发异香。据说他即使食用蒜薤，口中呼出也是一种药香，吸烟时喷出的烟气，则与供神的异香一模一样。

这样的描述，显然充满了虔诚的信徒式的迷恋。

如果我们能够体谅和宽容阿旺伦珠达吉的讲述里明显的情感因素，剔除内心习惯持有的偏见和先入为主的质疑，事实上还是很容易还原出仓央嘉措真实的长相、性情和他后半生曲折而传奇的经历的。

我相信《秘传》的讲述，相信仓央嘉措晚年的容貌，与三十多岁时候并没有太大的差异，依然腰身挺拔，容颜清隽，目若秋水，沉静平和。无论混杂在市井人群之中，还是置身豪门显贵中间，总是澹泊淡定，慈霭安详，有着无法掩藏的尊贵气度。

一个人内心的修为是会逐渐在容貌上显现出来的。越是年岁渐老，越是明显。父母给予的身高长相，只是一个雏形和坯子。岁月如刀，会一刀一刀毫无遗漏地刻下每一点属于自我经历的印痕的。庸碌、蒙昧、饱食终日无所用心的人，人到中年，大多会长成五官模糊的胖子。焦躁、暴戾、争强好胜的人，必然过早地苍老憔悴。只有那些内心清明、信念笃定、善良正直、豁达通透的人，无论经历过多少大风大浪、荆棘坎坷，容颜和意志都不会被摧残，并且越是年深日久，内心智慧的光芒越会逐渐投射到外在的容貌气质上来，最终成就一个人由内而外的美好。

我看到，那些从未与他谋面的达官贵人，无论怎样倨傲不恭，一旦见到他，就都会变得卑微和顺从，即使他们并不知晓他的真实身份。

这是一种催眠能力。这种能力不是来自法力、神通，而是来自内心的光明、清净、善良、慈悲。

尊者生性慈悲，对他人的死、病、痛苦，每一耳闻目睹，便会不由自主地为之流泪。——《秘传》如是说。

悲悯拥有一种双向的力量。在给予他人同情、安抚、帮助的过程中，给予的人同样会获得内心能量的增长。所以，一个善良慈悲的人，一个懂得给予的人，也一定是一个内心充满温暖阳光的人。

转世

天空的洁白仙鹤，
请把双翅借我。
不到远处去飞，
只到理塘就回。

人们说，这首歌是仓央嘉措被押解离开拉萨时所作。最初，传唱的人们不解其意，都以为是他是为心爱的姑娘达娃卓玛写下的，以为他听说了卓玛已经嫁往理塘，所以即使在羁押之中，心仍牵系着，愿借仙鹤双翼，飞往情人所在。

直到他于青海湖畔遁去，不知所终。人们回想这首歌词，才想起其中的奥妙。

原来，在理塘，他已早早种下前因。

理塘藏在千山万壑的四川藏区。川藏地区在藏传佛教史上的地位举足轻重，汉藏交界之地，经济文化均较偏远地区更为发达，这里有英武彪悍的康巴汉子，世界闻名。也走出过很多学识渊博、修养深厚的高僧。

更重要的是，在理塘，还出了一位藏传佛教史上举足轻重的人物——七世达赖喇嘛格桑嘉措。

一七〇八年，藏历第十二绕迥之土鼠年，康熙四十七年七月，格桑嘉措降生在理塘。此时，仓央嘉措在青海湖失踪已近两年，拉藏汗扶持的伊喜嘉措也已在布达拉宫坐床一年，并且得到了大清皇帝的承认，颁授了金印，下诏册封为六世达赖。但是这个可怜的傀儡活佛不仅毫无实权，只能任拉藏汗摆布，也始终没有得到过西藏各阶层的僧众的认同。

伊喜嘉措被册封后，拉萨三大寺的上层喇嘛、西藏地方贵族都对拉藏汗独揽大权，利用满清势力擅自决定达赖喇嘛废立的做法非常不满。下层僧众更是坚决不肯承认这个新的达赖，他们甚至自发组织起来，徒步前往青海湖去拜祭传说已被拉藏汗害死的仓央嘉措。寻找真正的转世灵童的呼声越来越强烈。他们在仓央嘉措留下的情歌里找到了寻找活佛的线索和方向：理塘。

三大寺的高僧也认为，在这首歌中，六世达赖喇嘛已经明确地提示了转世灵童将降生在理塘。于是以三大寺高僧为核心组团前往理塘找寻转世灵童，并找到了这个叫作格桑嘉措的孩子，通过勘验印证，认定他就是六世达赖的转世灵童。于是，以集体请愿的形式向大清皇帝上书，要求废除拉藏汗立的假达赖，承认格桑嘉措转世灵童身份。

此时拉藏汗逐渐失去人心，和硕特部内部分裂，互相牵制，政权根基开始动摇，准噶尔部势力伺机而动，西藏局势未明。更鉴于前两次的教训，康熙皇帝决定吃一堑长一智，不再轻举妄动，先看看再说。于是对现任的伊喜嘉措既不废，对重新找到的转世灵童不否认也不承认，但暗中却令人保护这个孩子的安全。将他转移到了青海和硕特部势力范围之内，送他到塔尔寺剃度和学经。

为了稳定西藏局势，康熙皇帝于一七一三年下诏，册封五世班禅洛桑益西为“班禅额尔德尼”，颁授了金册、金印，命他协助拉藏汗管理西藏。自此，历代班禅额尔德尼的名号就确定下来，并取得了同达赖同等的宗教地位。

一七一七年，准噶尔军队攻入拉萨，拉藏汗在出逃途中被杀，伊喜嘉措失去庇护，自然也就此被从来就没承认过他的西藏僧众推翻。

一七二〇年，康熙皇帝派兵从西宁进攻拉萨，平定了准噶尔叛乱。这时才正式承认格桑嘉措转世灵童身份，派兵护送他到拉萨，拜五世班禅洛桑益西为师，受沙弥戒。并在布达拉宫为格桑嘉措举行了隆重的坐床大典，并颁布了金印、金册。

这一天，拉萨城万人空巷。如同当年送别六世达赖喇嘛仓央嘉措一样，人们自发聚集在布达拉宫广场，迎接仓央嘉措的转世灵童格桑嘉措。布达拉宫钟声响起，十万信徒匍匐在红山脚下，磕着等身长头，高声诵经，以最虔诚的仪式表达对七世达赖喇嘛的追随。

有趣的是，清廷颁给格桑嘉措的金印上刻的却是“宏法觉众第六世达赖喇嘛之印”。

康熙将格桑嘉措封为六世达赖，等于废黜了前两位六世达赖。但是，又对作为仓央嘉措转世灵童的格桑嘉措予以了承认，这其中显然是有逻辑错误的。如果不是康熙皇帝不愿承认自己废黜仓央嘉措是错误的，那么就是这其中一定有什么隐情，比如，他明知道仓央嘉措并没有在青海湖病逝。

个中原因无从猜测。好在西藏僧众对这个封号也不较真，自顾以七世达赖喇嘛的身份崇奉这新的活佛。

格桑嘉措就这样顶着一个不明不白的身份，在布达拉宫的活佛位子上一坐几十年，并协助清廷平定了拉萨内部联合准噶尔的叛乱，建立起了真正政教合一的政权。只是，恐怕到他一七五七年圆寂，也没有搞清楚自己到底是六世还是七世达赖。直到一七八三年，乾隆皇帝将他的转世灵童强白嘉措直接册封为第八世达赖喇嘛，这才等于默认了仓央嘉措作为六世达赖、格桑嘉措作为七世达赖的身份。

所以，西藏历史上就有了前后三位六世达赖喇嘛的奇怪现象。

在这一场政治斗争中，其实最可怜的要算伊喜嘉措。莫名其妙地被推上这个光怪陆离的舞台，在布达拉宫的活佛位子上像根木头桩子似的坐了十一年，有一天，又莫名其妙地被人拉下去，软禁在一座破庙里，几年后，抑郁而终。从这个意义上说，他其实比自己前任的六世达赖更为可怜，糊里糊涂就做了牺牲品，连反抗挣扎一下的勇气和机会也没有，除了一个笑柄似的假达赖头衔，淹没在藏传佛教的历史长河里，未曾扑腾出一点浪花，没有来得及发出一点声音。

哪怕一声叹息。

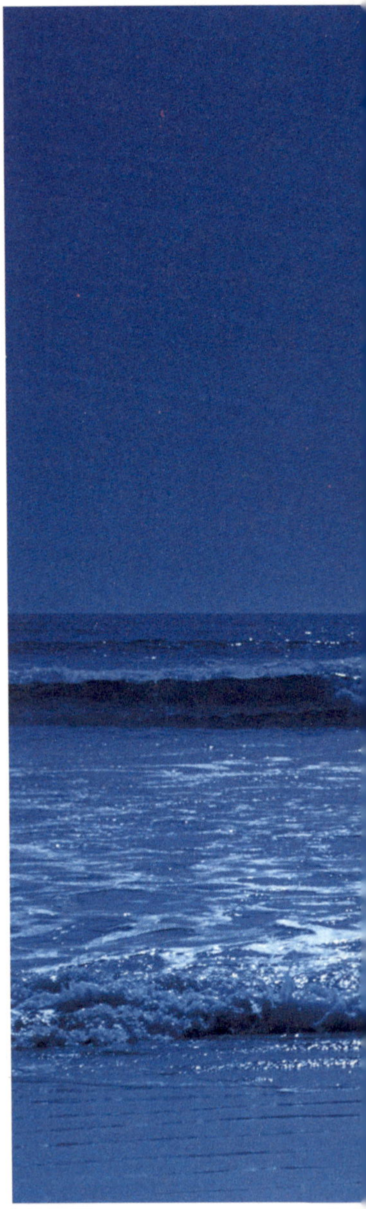

归宿

在阿拉善，最广为人知的一座庙宇是南寺。南寺是俗称，正式名字叫作广宗寺。寺名得自大清乾隆皇帝御赐。

广宗寺位于贺兰山西麓山谷中，为群山环抱，大大小小的属庙高低错落，参差有致。寺庙总体规模并不算很大，但声望却居于阿拉善八大寺之首。因为传说中的六世达赖仓央嘉措的肉身灵塔当年就安放在这里，并曾保存多年，直到“文革”中南寺被毁，寺僧和附近群众才偷偷将它抢出焚化，将他的遗骨和舍利子保存了下来，并建造了一座黄塔——六世达赖喇嘛荼毗塔，安放他的骨灰。

一七四六年，六十四岁的仓央嘉措在承庆寺安详坐化，弟子阿旺伦珠达吉遵照师父遗嘱，赴西藏办理后事。

在拉萨，阿旺伦珠达吉拜见了达赖和班禅大师，得到了七世达赖喇嘛大悲佛海观世音灌顶，并接受了七世达赖喇嘛册封的“阿里路克散额尔德尼诺门汗”

活佛称号，和一应赏赐、信物。七世达赖喇嘛以这种方式，算是秘密承认了仓央嘉措的真实身份。

此后，阿旺伦珠达吉与七世达赖一直来往密切，广宗寺修建过程中，阿旺伦珠达吉多次派人赴拉萨请安，汇报广宗寺的建设进度。想来，作为仓央嘉措转世灵童而高居布达拉宫的格桑嘉措，也是希望仓央嘉措这个大半生颠沛流离的前世活佛，能够尽早享有与他的功德相匹配的死后荣耀吧。

一七五七年，乾隆二十二年，这是一个重要的年份。这一年，广宗寺历时十一年终于建成。在阿旺伦珠达吉主持下，举行了盛大的开光仪式，仓央嘉措的转世温都尔葛根在南寺坐床，并将仓央嘉措肉身灵塔移至寺中供奉，人们将之尊为德顶格根，意即最尊贵的活佛。也就在这一年年初，七世达赖喇嘛格桑嘉措在拉萨圆寂。年底，阿旺伦珠达吉完成《秘传》写作。

属于塔布喇嘛、德顶葛根、六世达赖的这一页历史翻过去了。然而，属于集活佛、诗人、情僧、苦修者、传道者于一身的仓央嘉措的传说，却刚刚拉开帷幕。

轮回

人若真能转世，世间若真有轮回，那么，我的爱，我们前生曾经是什么？

你若曾是江南采莲的女子，我必是你皓腕下错过的那一朵。你若曾是那个逃学的顽童，我必是从你袋中掉落的那颗崭新的弹珠，在路旁草丛里，目送你毫不知情地远去。你若曾是面壁的高僧，我必是殿前的那一炷香，陪伴过你一段静穆的时光。

…… ……

席慕容的《前缘》，白衣胜雪的少年时代，心曾为之悸动摇曳的文字，有着朴质的唯美清淡，如同青朴道上邂逅的妙龄女尼，眼神有情，娓娓道出人生注定的错过与不得已，懂得节制，哀而不伤。

常常，在生命中某个瞬间，会突然觉得恍惚：眼前的人，分明是在哪里见过。此情此景，分明是在哪一场梦中出现过，分毫不差，连这句对白，也分明是梦里说过。你是谁？我是谁？我们是走过了忘川的同路人吗？

佛法认为万事皆有因缘，这与辩证唯物主义的观点并无二致。世间万物的存在与消亡，都在偶然与必然之间。生命本身生生不息，并非依托于一具实相的肉体，才被称之为生命。所以，躯体死去，并不意味着生命的结束，它只是打开了另一扇门，走进了另一个形态。从这个意义上说，前生后世，生生世世，谁又能说只是无稽之谈呢？那些前缘的痕迹，也许不过如同沉睡之后，梦境消失，却总会有一些记忆留下来。

孟婆说，赶路的人，喝碗孟婆汤解解渴。口渴的人心急急地喝了，前世的种种便都忘了。那么，在不同的时空再次出现的我们，还能够相认的唯一证据是什么呢？

在阿拉善，仓央嘉措圆寂之后，被尊为格根一世活佛。六世达赖喇嘛在内蒙古地区又转出另外一个世系。这个活佛世系一共传了六世，每一世都经过清廷承认或金瓶掣签认定。这就是说，在蒙古阿拉善和西藏拉萨，由仓央嘉措一脉传承的，就有了两个活佛转世系统，在布达拉宫的七世达赖喇嘛和广宗寺第二代格根都是仓央嘉措的转世灵童。

突然觉得晕眩：如果他真的就是他，那么这两个灵童之间该是什么关系？而且，他还活着的时候，转世灵童已经在理塘找到，死后，转世灵童又在蒙古草原出现。这之间有着怎样的奥秘，应该如何才能理出头绪来？

在梦中，我问十五岁的少年仓央嘉措。

他轻轻一笑，你听过“弥勒真弥勒，化身千百亿”这句话吗？

我一下子回过神来。是啊，任何一位佛菩萨，都是可以化作若干身相的。既然肉身不过是他所显现的若干身相之一，在青海湖遁去的他，阿拉善草原圆寂的他，布达拉宫的七世达赖喇嘛，广宗寺第二代格根，不过都是在不同的时间和空间里显现出来的不同身相而已。

那么，如果灵魂不灭，如果真的可以“化身千百亿”，在时间和空间自由穿行，此刻梦里相见的你我，是不是也可能原本就是一个人？

少年仓央嘉措笑而不语。

一念

世间安得双全法，不负如来不负卿。

敲下这两行字，怅然若失。一直在想，年老之后的仓央嘉措，是否还会回想起当年的这个句子，回想起那时那地，写下这个句子的自己。回想起当年的执着与妄念，如此贪恋，执迷，疼痛。却也如此真诚与美好。

不知道涅槃之际，回想起前生后世的种种，回想起生命中那些天光云影的往事，会不会也和常人一样，有不舍与留恋。

那停留在他意识深处的最后一念，是什么？

《六祖坛经》中，慧能为僧众讲顿悟之法：不悟，佛是众生。一念悟时，众生是佛。

自性清净，智慧俱足。佛与凡人之别，只不过在一念之间。

而红尘男女说，一念起，万水千山。一念灭，沧海桑田。为了当年的一念之妄，被轮回之齿磋磨、撕裂，万水千山走遍，亦不羞愧悔恨。一念悟时，前尘往事消散如同云烟，不留痕迹。

真的不留痕迹吗？跑过大漠长河的风不语，神山圣湖不言，只有那些代代流传在藏民族当中的情歌，嘹亮而深情的音符，如同躲在冰雪之下的牧草，每到春来，依然会绽放出五色的花朵。

在西藏这片神奇的土地上，美丽的故事从来没有结束，动人的传说永远不会湮灭。草原上的人们，至今仍在传唱：

莫怪活佛仓央嘉措，
风流浪荡。
他想要的，
和世人没什么两样。
…… ……

后记

——

喇荣

抵达炉霍的时候天色尚早。下车的时候脑子有一刻是懵懂迟钝的，似乎有轻微的高原反应。阳光明晃晃的，映着对面坡地上鲜艳的经幡和地里摇曳的淡黄色野花。

那么蓝的天，像一大块璀璨夺目的翠玉。

风吹着经幡，晃花了人的眼。

向晚的镇子少有行人。站在汉藏夹杂的建筑面前，水泥地一边是青草蔓生的麦田。哪里的炊烟飘过来，空气里有了夜雾流岚的温柔。心脏的某个地方似乎有一小块在缓慢地碎裂，像在风里自动解体的玻璃，无声无息，却又异常清脆、凛冽。

穿红衣的喇嘛过来问，是去色达吗？我们的车还有位置。

车子开到五明佛学院的大门口，司机说不能再往前走了。佛学院的大门两旁，只有几座白塔沐在阳光底下。

背着包站在一尊白塔旁，望着“色达喇荣五明佛学院”这几个汉字，内心竟然无比平静。而那一天在熙来攘往的人群中，心里忽然冒出来前往甘孜的念头。喇荣，这个魂牵梦萦的名字，曾那样突兀而清晰的跳到眼前，浑身竟禁不住起了一阵战栗。

我不知道在汉地，有多少人知道喇荣。人们前赴后继地拥向西藏，拥向西藏的每一个角落，却少有人知道，在距离成都不过几百里之遥的甘孜色达的寂静山谷，竟藏着这样一个与尘世隔绝的国度，修行者的国度，佛的国度。

三年前的一个夜晚，当莫邪在电脑屏幕上无比缓慢地打开一张图片，当喇荣沟整整一条山谷的红色小木屋一点一点呈现在眼前的刹那，心脏像是被沉重的大钟重重的击中了，有沉闷的轰鸣回荡其间。

进了佛学院的大门，迫不及待地想要拥抱那扑面而来的红色海洋，才发现原来还有好一段山路要走。沿途有散落的红房子，三三两两的觉姆和我同行，她们的目光与我对视的时候，笑意像花儿一样地开在红彤彤的圆脸上。

转过一个弯，当铺天盖地的红色小房子突然出现在视野之中，那满山满谷浩浩荡荡的红色一下子涌向眼帘，心中的震动无法言表。

喇荣，在藏语里是能得到出家功德的意思。藏在甘孜草原和群山之间的这一片神圣山谷，据传是文殊菩萨和莲花生大士都曾住过的地方，并得到过佛祖释迦牟尼的授记：北方雪山山脉里，佛灭二千五百年，此时佛教将大兴。

一百多年前，居住在喇荣圣地的著名高僧，第一世顿珠法王仁波切授记说：一百年后，佛法将会遭遇接近毁灭的大违缘，那时在康区的扎热地附近，有降魔金刚的化身将会出来弘扬宁玛密法，佛法将再度兴盛，那将是藏传佛教史上重要的第三时期，即再弘时期。

一百年后，在“文革”浩劫中，僧人被逐出寺庙强迫还俗，庙宇、佛像、经书等无一幸免惨遭屠戮。整个藏地已看不到一个出家人，只有极少数高僧隐藏在民间得以保全性命，等待佛法再弘的时机。在极度艰险的时局下，法王晋美彭措如意宝在色达心宝山山顶的一间帐篷里，建起了藏传佛教大劫难后的第一个僧团，这就是五明佛学院的前身和雏形。在这片安静的山谷中，佛法如暗夜里的长明灯火，在风雨飘摇之中虽黯淡微弱亦温暖光明。20世纪80年代开始，佛教得以重兴，成千上万的修行者纷纷赶往这一片遗世独立的圣洁山谷，僧舍不够，人们便自己动手，在两边的山上搭建简陋的小木屋存身，五明佛学院遂成为了全世界最大的藏传佛学院，常住僧侣六七千人，还不断有各地寺院来此短修的学员，甚至还有不少在此一学几年的外籍学员。90年代末，法王尚在世弘法的时期，喇荣山谷的小木屋曾经达到近万间的最高规模，法会时期，来自全国甚至世界各地的僧侣最多达到过四万余人。

如果不是亲眼所见，有多少人会相信，在远离现代文明的深山，竟藏着这样一片红色的王国，一个与俗世生活迥异的信仰的王国，成千上万的人们穿着同样的绛红色僧袍，白天趺坐于山谷中心的讲经堂修习功课，夜晚回到灯光昏暗的小木屋，饮山泉水，吃素食，喝粥，过着如此清苦干净单纯的生活，内心却如此喜乐富足。

站在曲曲弯弯的小路边上，俯瞰这无比壮观的红色小木屋的海洋，海洋中心赫然矗立的大经堂和坛城，一颗心风起云涌，如返旧居，如归母腹，温热的痉挛潮水般漫漶七经八脉。

觉姆区的小路拐来拐去，手机信号时有时无，好不容易找到拉姆的小木屋。

跟着领路的小喇嘛出来的是一个剑眉浓密的女孩子，干净的眼神竟如寒潭秋水，与我一路所见的觉姆大为不同。一时间竟然愣怔，吐不出一个恰当的字来。她却静静笑：你来了。

拉姆早慧，十九岁就已经大学毕业。在银行工作三年后，却突然出走，只留下一封信告知去了五明佛学院，让父母和哥哥不要牵挂。没有人知道为什么。

拉姆的小木屋异常简陋，窄小的床板，单薄的被褥，床头却有好几本书。莫邪说过，这个自小沉默寡言的妹妹，读书是她唯一的爱好。

傍晚时，和拉姆同屋的觉姆回来了，这个稍比拉姆年长的女子有明亮的前额，饱满的红唇，高大而姣好的身材，在人群里很是打眼。我心里很疑惑这个漂亮而开朗的女孩子为什么出家，但是在喇荣山谷中，看到蔚为壮观的觉姆队伍，又觉得这样的疑问完全不值一提了。

在这里，人们将女僧叫作觉姆。喇荣觉姆的人数远远大于男僧，现任的佛学院院长也是女性。在藏区，没有哪一个地方会聚了如此众多的女性修行者。这里完全是这些觉姆的自由王国，在这里，所有强加于世俗女性的角色累赘都放下了，她们是虔诚清净的修行人，在领悟和传播佛法上，与男性并无分别。

但佛学院的戒律却很严格。觉姆们居住的小木屋，与男僧区域隔着一个居士区，即使居士区，也是男女区域分开的，男女僧众不允许单独交往，私下交谈、结伴行走都在禁令之列。严守戒律，是佛学院宗旨之一。

我问拉姆，男众不能进入觉姆区，那去年五月你哥哥来看你，住在哪里呢？

拉姆说，摩西。

黄昏，落日热烈的余晖笼罩着坛城，我坐在坛城旁边的木桩上，揉着发酸的小腿，等候摩西。

这一天绕着坛城转完了一百零八圈。拉姆说，上等功德是一万零八百圈。

傍晚的大经堂外，拉姆指给我看一个抱着书低头走路的瘦瘦高高的喇嘛。

我走到摩西跟前，挡住了他的去路。他有些吃惊地看着我，苍白的脸，苍白的手，被绛红的僧衣衬得更加没有了颜色，与周围的人群格格不入。

摩西来喇荣之前，在上海一所美院教书。他是土生土长的上海人，上大学之前，几乎就没有离开过上海这座城市，研究生毕业后，父母托了关系让他留校。一切似乎都很圆满，熟悉的城市，清闲的工作，不错的收入，父母给首付买的房子，门当户对的女友，生活像一幅明清士大夫笔下的山水画，清淡而不失情调，就连留白，也是虚实相生的恰到好处。

那年初夏，女友的父母已经在过问他们的婚事。他迟迟没有作答，女友温顺乖巧，似乎没有什么可以挑剔，但是他总觉得心里还有什么事情未了，无法下定决心，并且对未来似乎毫无期望毫无喜悦。

有一天，他去参观博物馆展出的八大山人的画展，看到朱耷画中那一双又一双的白眼，似乎都在朝他睥睨和冷笑。他在空调很低的博物馆展厅里，突然出了一身冷汗。逃跑一样地跑出那间令人窒息的展厅后，他打车直奔外滩，站在江边独自吹着江风，冥思苦想了一个下午，他不清楚朱耷的画为什么就这样直接地刺痛了他的心脏，他不知道自己的生活出现了什么问题。回到学院，他请了两个月的创作假，独自前往云南和西藏写生。

在云南罗平，他遇见了来自四川美院的同行，骑着摩托车到处乱走的胡子乱蓬蓬的扎西，扎西告诉他，在康藏地区的一个山沟里，藏着一幅惊世绝伦的油画。蓝天，白云，黄土，碧草，壮阔的红色小木屋的海洋，流动的绛红色的僧衣，那是人间绝无仅有的奇境。

他为扎西的描述诱惑，从罗平的万亩油菜花地起身，前往色达的山谷喇荣。那是2007年的5月。

2008年春节过后，他辞掉学院的助教职位，卖掉房子，将首付款悉数还给父母，将所有的积蓄一并留给女友。这一切，都在暗中进行，没有人知道他的决定，元宵节一过，他分别给父母和女友留下一封信，就带着只够买一张火车票的钱，跋山涉水，回到了喇荣，找到了五明佛学院的管家大堪布，请求剃度。

明白我的来意后，摩西和我沿着西边的土路，爬上一块山坡，他说，在那里可以看到完整的莲花。很多傍晚，莫邪和他都会去那里坐着聊天。

夕阳落下山坡，风立即冷起来。我抱着肩膀，看着摩西空荡荡的僧衣，和苍白得看起来营养不良的脸，问，一年多了，这里的阳光为什么没有让你晒黑一点。

摩西不好意思地笑了一下。捋起袖子给我看，有着苍白双手的手臂倒是真晒黑了不少，并且很健壮。摩西摊开手，说，这双以前只会拿画笔的手，现在不仅能拿画笔，也可以劈柴，搬石头。感觉很踏实。

我问，去年5月，莫邪怎么找到你的？

摩西不答却问：他好吗？去年他离开后，我们就再也没联系过。离开上海时，我连手机也没有带走。

原来佛学院戒律严格，拉姆与摩西偶然遇见，也只是互相点头微笑致意，从来没有交谈，更没有谈起过莫邪。

5月，莫邪请了年休假前往西藏，在山南林芝一带漫游，再经由青海、甘肃、阿坝，甘孜，前往喇荣探望妹妹拉姆。大经堂外，一眼看见了摩西。原来他们

去年在云南已经相识。莫邪去罗平采风，遇到了在那里画画的摩西。两个人年纪相若，一见如故。在喇荣遇见摩西，让莫邪无比意外，这个让他亲爱的小妹妹如此决绝地放弃世俗人生的山谷，竟然也吸引来了千里之外繁华世界的摩西。他迷惑了。

那个傍晚，就在这一片山坡上，莫邪发给我短信：来喇荣吧，你一定知道为什么。

摩西不知道，就在去年5月，莫邪与他告别后，再也没有回到我的生活中。5月12日，他在回成都的路上，途径映秀，遇上了那一场大地震。

莫邪留下的，只有从藏南一路走过来的一本日记。

离开喇荣的前一天，拉姆领我去了法王如意宝晋美彭措的闭关房。这个山坡上红色的小木屋，是整个喇荣山谷中唯一一小片有树木的地方，草木芬芳，幽静祥和，当年法王如意宝就是在此修炼成了圆满之身。

在喇荣，法王如意宝的事迹如日月朗照，人们无比神往地谈论着他的种种功德，在极乐法会上，在持明法会上，在金刚萨埵法会上，数度天降祥瑞，许多从前对藏传佛教尚抱有疑义的人，只要在喇荣待上一段时间，用心亲历，都会对密法生起无上的信心。

在喇荣的天葬台，我看见死者的家属，将蜷坐的人体背到天葬台上，交到天葬师的手里，脸上肃穆平静，并没有悲戚。我看见一群等待的秃鹫停留在山坡上，静候桑烟升起。死亡如此真切如此血腥地呈现在面前，觉得凛然，却并不恐惧。

我问拉姆，法王涅槃之后，为什么没有转世灵童。拉姆说，法王临终遗嘱：作为末法时代的说法者，我将一生都用在了弘法利生事业上面。我死后，你们不必去寻转世灵童，也不必大动干戈建造灵塔，我将会以另一种方式与你们在一起！

我会与你们在一起。我念着这一句话，蓦然想起哲蚌寺上师的教导：佛菩萨往往就化身为那些很贫穷、衣衫很破烂甚至向你讨钱的人……将每个人都观作佛菩萨，这样就不会有过失了。想起一路上行来遇见的各色人等：笑容如水晶般纯净的藏觉姆、平易近人的喇嘛、虔诚的老觉姆、慈祥的藏族老太太……

想起在拉萨邂逅的少年僧人说，弥勒真弥勒，化身千百亿。这世间心怀善念的有情众生，原来都可能是佛菩萨的化身。

想起莫邪的眼神。笑容纯净。

…… ……

中秋前夜，凌晨一点被短信铃声吵醒，手机屏幕闪烁着幽蓝光亮。是拉姆的短信：姐姐，我在藏南群山之中看月亮。

我睡意全无，披衣起床，拉开窗帘，抬头望见一片浑浊晦暗的天空，低低地压在林立的高楼之上。

回到房间，打开电脑，电脑旁边是莫邪的日记。那些凌乱的字迹，像喇荣山谷之中的月色，水一样荡漾，涨满了黑暗的屋子。突然想要写下一些字。

这是这本书的缘起。

图书在版编目（CIP）数据

不负如来不负卿：六世达赖仓央嘉措的诗与情 / 姚敏著. —北京：北京十月文艺出版社，2016.4
ISBN 978-7-5302-1545-6

Ⅰ. ①不… Ⅱ. ①姚… Ⅲ. ①传记文学—中国—当代 Ⅳ. ① I25

中国版本图书馆 CIP 数据核字 (2016) 第 010118 号

不负如来不负卿
六世达赖仓央嘉措的诗与情
BU FU RULAI BU FU QING
姚敏 著

出　　版 北京出版集团公司
　　　　 北京十月文艺出版社
地　　址 北京北三环中路 6 号
邮　　编 100120
网　　址 www.bph.com.cn
发　　行 新经典发行有限公司
　　　　 电话（010）68423599
经　　销 新华书店
印　　刷 天津市银博印刷集团有限公司
版　　次 2016 年 4 月第 1 版
　　　　 2019 年 4 月第 19 次印刷
开　　本 710 毫米 ×960 毫米 1/16
印　　张 14.75
字　　数 185 千字
书　　号 ISBN 978-7-5302-1545-6
定　　价 45.00 元
质量监督电话 010-58572393